KB036855

이카이노시집 猪飼野詩集
계기음상 季期陰象
화석의 여름 化石の夏

김시종金時鐘 시집

이카이노시집 猪飼野詩集
계기음상 季期陰象
화석의 여름 化石の夏

이진경 + 심아정 + 카게모토 쓰요시 + 와다 요시히로 옮김

도서출판b

| 일러두기 |

이 책은 김시종의 시집 『猪飼野詩集』, 『季期陰象』, 『化石の夏』 3권을 완역하여 함께 묶은 것이다.

| 옮긴이 서문 |

이 책은 김시종 시인의 시집 『이카이노시집』, 『계기음상』, 『화석의 여름』, 세 권을 모은 일종의 '선집'이다. 시집만을 보면, 2008년 유숙자 선생이 번역한 시선집 『경계의 시』(소화)가 출간된 이후 『광주시편』(김정례 역, 푸른역사, 2014)과 『니이가타』(곽형덕 역, 글누림, 2014), 『지평선』(곽형덕 역, 소명출판, 2018), 『잃어버린 계절』(이진경/카게모토 쓰요시 역, 창비, 2019)이 번역되어 나왔으니, 『일본 풍토기 1』과 출간 도중에 조선총련에 의해 출간 정지된 『일본 풍토기 2』, 그리고 최근작인 『등의 지도背中の地図』가 번역되면 시집은 대략 모두 출간되는 셈이다.

한 권의 '시선집'을 내면서 각각의 시집에 모두 옮긴이 후기를 붙여 이상하게 보일 수도 있을 것 같은데, 거기다 또 다시 전체 선집의 서문을 달자니, 적잖이 부담스럽다. 이는 출판에 이르는 구불구불한 궤적 때문이기도 한데, 해명 삼아 네 명의 역자가 함께 시집을 번역하게 된 약간의 경위에 대해서만 간단히 쓰고자 한다. 시작은 2016년 9월이었다. 발단은 니이가타 출신이면서 오키나와에서 활동하는 아티스트 사카타 기요코의 의도 없는 촉발이었다. 그 전해에 그의 초대로 이진경과 함께 오키나와에 갔던 심아정은 사카타가 니이가타 출신이란 말에 김시종의 장편시 『니이가타』를 니이가타에서 읽어 본 적이 있는지 물었고, 그날을 계기로 김시종의 시를 '사건'으로 다시 만난 사카타는 일 년이 채 안 된 시점에서 〈니이가타에서 『니이가타』를 읽다〉라는 기획을 하게 되었다고 연락을 해왔다. 김시종 시인의 강연과 낭송회, 토론회, 김시종 시와 결합한 사카타의 작품 전시회 등이 이어지는 행사였다. 심아정은 이 소식을 이진경에게, 그리고 카게모토 쓰요시影本剛에게 알리며 함께 가지 않겠느냐고 제안하여, 결국 세 명이 니이가타에 가게 된다. 이를 계기로 세 사람은 김시종 시인의 시집을 번역하기로 하였고, 또 다른 친구인 와다 요시히로和田圭弘에게 함께 번역하자고 제안하여 번역을 시작한다. 시작할 때는 『이카이노시집』, 『화석의 여름』, 『잃어버린 계절』, 세 권을 하기로 했지만, 나중에 『화석의 여름』과 같은 계열의 작품들이라 할 수 있는 『계기음상』을 추가하여 번역하게 되었다.

『이카이노시집』의 초역은 와다가, 그 일부는 카게모토가 했고, 『화석의 여름』과 『계기음상』의 초역은 심아정이, 『잃어버린 계절』의 초역은 가케모토가 했고, 네 시집의 교열은 이진경이 했다. 하지만 격주로 모여 토론하고 고치고 하는 작업을 2년 넘게 반복하면서 누구의 번역이라 하기 힘든 4인 공역이 되었다. 애초에 각각의 책으로 출판할 생각이었기에 각 시집을 초역자와 최종교열자 공역으로 표기하기로 했으나, 출판사를 찾는 일이 쉽지 않았고, 결국 『잃어버린 계절』은 창비에서, 나머지는 도서출판 b에서 내게 되었다. 이런 연유로 『잃어버린 계절』은 이진경 · 가게모토 쓰요시 공역으로 나오게 되었는데, 다른 세 권을 모아서 한 권의 책으로 내자는 데 의견이 모아져 네 사람 공역으로 표기하여 출간하게 되었다. 각 시집마다 옮긴이 후기가 씌어진 것도, 옮긴이 후기의 일부를 두 사람이 같이 쓰게 된 것도 이런 사정 때문이다. 하지만 번역도, 후기도 2년 반 넘는 기간 동안 함께 번역 수정하고 토론했던 네 사람의 공동작업의 산물이라 해야 할 것이다.

처음에는 원문을 최대한 살리는 게 좋겠다는 생각에서 직역에 가깝게 번역했으나, 시가 되지 못한 시가 되어버리고 말았던 듯하다. 사실 김시종의 일본어는 일본어와의 대결을 평생 지속해온 시인만의 '까칠까칠한 일본어'이기에, 이를 그대로 번역하여 전달하는 것은 애시당초 불가능했다. 미련한 작업 끝에 결국 시는 시로 번역되어야 한다는 생각을 원칙으로 삼아 다시 번역을 했고, 가능하면 지금 한국의 시적 언어감각에 부합하게 번역하기로 했다. 이 과정에서 송승환 시인이 크게 도움을 주었다. 단어 하나, 조사 하나까지 몇 번을 거듭 읽으며 세심하게 고치려 했는데, 혹시라도 미흡한 번역이 있어 시인에게 누가 되지 않으려나 싶기도 하지만, 다른 언어로 번역되는 시란 병 속에 넣어 물에 흘려보내는 '투병통신' 같은 것이라는 한 번역자의 말로 스스로 위안을 삼으며 떠나보내려 한다.

번역을 마치고 보고를 겸해 이코마로 시인을 만나러 가면서 시집에 붙일 서문을 부탁드리고자 했지만, 90이 넘은 나이에, 2018년 『김시종 컬렉션』이 출간되면서 아주 바빠진 시인의 상황, 그리고 신부전에 안저출혈까지 겹쳐 고투하시고 계신 걸 감안하여, 서문 대신 간단한 대담을 하여 뒤에 붙이는 것으로 노선을 바꾸기로 했다. 얻어낸 결과는 우리가 생각해도 멋진 대담이었지만, "같이 술이나 한 잔 하자"고 만난 자리에서 2시간 동안 답변을 하시게 한 것은, 그나마 가용한 체력을 과용토록 하는 가혹한 것이 되고 만 것 같다. 팬을 자처하는 우리 자신이 시인과 함께 했어야 할 즐겁고 유쾌한 술자리를 우리는 멋진 대담의 대가로 지불했던 셈이다.

시를 번역하는 근 3년간의 시간은 우리 모두에게 행복한 시간이었다. 시를 번역하면서, 혹은 시를 번역하기 위해선 우리 자신의 언어감각이 달라져야 했기에, 번역과정은 우리 자신이 달라져가는 과정이기도 했다. 그것은 결코 쉬운 것도, 편한 것도 아니었다. 그래도 함께 번역한 동료들의 우정과 우리 모두를 사로잡은 매혹의 시 덕분에 모두 행복할 수 있었던 것 같다.

처음에 직역된, 시 같지 않은 번역문을 들고 간 어이없는 번역자들을 믿고 기다려주신 김시종 시인께 거듭 감사드린다. 글에 감동했다가 작가를 만나보면 실망하는 경우도 많다지만, 김시종 시인은 차라리 반대의 경우였던 것 같다. “돌아보면 미치지 않고 잘도 살아왔구나” 싶은 삶이었음에도 따뜻함과 유머가 넘치는 시인의 모습은 시만큼이나, 아니 시 이상으로 감동적인 것이었다. 우리를 매혹시킨 김시종 시인의 이 멋진 시들이 많은 분들과 만나 또 다른 매혹의 힘을 발동하게 되었으면 하는 바람이다. 시집 출판의 어려움을 오랜 기간 여러 출판사 사이를 떠돌아야 했던 원고의 방황으로 경험했던지라, 세 권의 시집을 선뜻 출판해주겠다는 도서출판 b의 조기조 대표께 드리는 감사의 인사는 이런 글에 흔히 적게 되는 의례적인 인사가 결코 아니다.

2019년 늦가을

옮긴이들을 대신하여 이진경

| 차례 |

이카이노시집

계기음상

화석의 여름

| 부록 |

이카이노시집 猪飼野詩集

* 이카이노猪飼野

오사카시 이쿠노生野구의 한 지역을 점하고 있었지만 1973년 2월 1일을 기해 없어진 조선인집단 거주지의 예전 마을이름.

옛날에는 이카이쓰猪甘津라고 불렸는데, 5세기경 조선에서 집단 이주한 백제인이 개척했다는 구다라쿄百濟郷가 있던 곳이기도 하다. 다이쇼大正 말기 구다라가와百濟川를 정비하여 신히라노가와新平野川 운하가 만들어지게 되면서, 이 공사를 위해 모집된 조선인의 일부가 그대로 눌러앉아 거주지가 생겨나게 되었고, 하층노동자인 조선인이 셋방살이 등으로 자리 잡고 살게 되면서 생겨난 동네. 재일조선인의 대명사 같은 마을이다.

| 이카이노시집 |

보이지 않는 동네

없어도 있는 동네.
있는 그대로
사라지고 있는 동네.
전차는 되도록 먼 곳에서 달리고
화장터만은 바로 옆에
눌러앉아 있는 동네.
누구나 알고 있지만
지도에 없고
지도에 없으니
일본이 아니고
일본이 아니니
사라져버려도 괜찮고
어찌되든 좋으니
제멋대로 한다네.

거기서는 모두가 소리 높여 떠들고
사투리가 활개치고
그릇들마저 입을 가지고 있다.
위장 또한 대단해서
코끝부터 꼬리까지
심지어 발굽의 각질까지도

호르몬이라며 다 먹어치우곤
일본의 영양을 담당하고 있다며
의기양양 호언장담, 물러서지 않는다.

그래서인지
여자의 억척이 각별하다.
절구통 같은 골반에
아이들이 네댓씩 매달려 있고
하는 일 없이 먹고사는
사내 한 사람은 별도다.
바람을 피워 나가든 말든
떼쓰는 아이의 홍역마냥 내버려두고
그래도 돌아오는 게 사내라고
인지상정이라 생각하기 마련이다.
사내가 사내인 것은
자식에게 큰소리칠 때뿐.
사내의 사내도 생각해보면
어엿한
아버지다.

요란하고
숨김없고
걸핏하면 대접한다 판을 벌이고
음울한 건 딱 질색
자랑스런 얼굴의 한 시대가

관습으로 살아남아
하찮은 것일수록
소중히 여겨지고
한 주에 열흘은 이어지는 제사
사람도 버스도 저만치 돌아가고
경관警官조차 숨어들 수 없어
한 번 다물면 그만
열리지 않는 입인지라
가볍게
찾아오기에는
만만치 않은
동네.

○

어때, 와보지 않을 텐가?
물론 표지판 같은 건 없어.
더듬더듬 찾아오는 게 조건이지.
이름 따위
언제였던가.
우르르 달려들어 지워버렸어.
그래서 猪飼野이카이노는 마음속이야.
쫓겨나 갖게 된 원망도 아니고
지워져 고집하는 호칭도 아니야.
바꿔 부르든 덧칠해 감추든

猪飼野는
이카이노지
코가 좋지 않으면 찾아오기 힘들어.

오사카의 어디냐고?
그럼, 이쿠노生野라면 알아들을라나?
자네가 거부했던 무엇일 테니
꺼림칙한 악취에게나 물어보게나.
물크러진 책상은 지금도 여전할 거야.
끝내 열지 못했던 도시락도.
빛바랜 꾸러미 그대로
어딘가 틀어박혀 숨어 있을 거야.
알고 있을라나?
저 동전만큼 머리털 빠진 곳 같은 자리.
있는 목덜미가 보이지 않을 뿐이야.
어디로 갔냐고?
결국
이빨을 드러낸 거지.
그리고는 행방불명.
모두들 똑같이 거칠어져
아무도 그를 궁금해 하지 않아.
그때부터야.
안짱다리 여자가 길을 막고선
일본어 아닌 일본어로
고래고래 고함치는 거야.

어떤 일본도
이러면 자리 잡고 살 수 없지.
올all 니혼日本이 도망친 거지!

이카이노에 쫓겨
내가 도망친다.
포로의 고통
닛폰日本이 도망친다.
구청에 부탁해
족쇄를 풀게 하고
후려친 가격에 사들인
이카이노에서 도망친다.
집이 팔려
모모다니桃谷다.[1]
각시를 얻어
나카가와中川다.
이카이노에 있어도
스스럼없는
니혼이 총출동하여
내쫓는다.
김치냄새를
동네를 통째 봉하고

1. (역주) 이카이노는 행정구역으로서는 말소되어 없어졌는데, 그때 이후 개천(신히라노가와新平野川)을 사이에 두고 모모다니와 나카가와 두 지역으로 분리되어 있다.

유카타 차림 이카이노가
은단을 씹으며
나들이간다.

○

그것으로 결정.
이카이노가 이카이노가 아닌
이카이노의 시작.
보이지 않는 날들의 어둠을
멀어지는 사랑이 틈새로 엿보는
엷어진 마음 뉘우침의 시작.
어딘가에 뒤섞여
외면할지라도
행방을 감춘
자신일지라도
시큼하게 고여
새어나오는
짜디짠 욱신거림은
감출 수 없다.
토착의 시간으로
내리누르며
유랑의 나날 뿌리내리게 해온
바래지 않는 가향家鄕을 지울 순 없다.
이카이노는

한숨을 토하게 하는 메탄가스.
뒤엉켜 휘감기는
암반의 뿌리.
의기양양한 재일在日에게
한 사람, 길들여질 수 없는 야인野人의 들판.
여기저기 무언가 흘러넘치고
넘치지 않으면 시들어버리는
대접하기 좋아하는 조선의 동네.
일단 시작했다 하면
사흘 낮 사흘 밤
징소리 북소리 요란한 동네.
지금도 무당이 미쳐 춤추는
원색의 동네.
활짝 열려 있고
대범한 만큼
슬픔 따윈 언제나 흩어버리는 동네.
밤눈에도 또렷이 배어들고
만날 수 없는 사람에겐 보이지 않는
머나먼 일본의
조선 동네.

노래 하나

닭장집 뛰쳐나가
16년.
사내 한 사람 이쿠노에 돌아온다.
어딜 돌아다녀도 조센朝鮮이 떨어지지 않아
결국에 가서는
싸움질이 연이어져
히로뽕에 상해傷害, 전과前科가 쌓이고,
바텐더
재봉공장
경품꾼에
다시 바텐더.
어차피 못 숨길 조센이라면
통째로 까놓고
심통을 부리고
완행으로 올라간 도카이도東海道를
이곳저곳 더듬어왔다.
콜먼풍[2] 콧수염만은
빼먹지 않고 곱게 다듬어
이리저리 헤맨 끝이

2. (역주) 기품 있게 다듬은 콧수염으로, 미국배우 로널드 콜먼으로부터 연유한 이름.

이쿠노인 양
한 사내
닭장집으로
돌아온다.

다들 북으로
돌아갔다던가.
요베가[3] 한 사람
알아보고
어머니를 빼닮은
과장된 인사.
낳고 또 낳고
어느새 또 배고 있어
유유히
없는 돈에서 두 장 뽑아
치마 그늘의
어린 요베에게 내주고
이제는 집집마다 있다는 수돗물
담배와 함께
여유 있게 비우고
맞아,
변소 치는 구멍은 저쪽이었을 텐데 라며
무심히 들여다보고 있던 것은

3. (역주) 요베는 여기 나온 아이의 별명이나 애칭.

예나 지금이나 꼬여드는
구획된 모래밭
파리 떼들이다.

가마솥 바닥
찌끄레기 비누를 다시 끓여
악전惡錢으로 살쪄갔던
숙부의 공장도
지금은 아파트.
일찍이
일본인이 되셨고
레저산업에서는
알려진 얼굴이라지.
그 숙부에게 앙갚음하려다보니
내 인생은 열에 닳은 마른 냄비!
문득,
소꿉동무가 친절히 권하기도 하여,
'히노데회관日之出會館'으로 가는
길을 물어
사내는 유유히
담뱃불 비벼 끄고 걸어 나왔다.

기억이 난다.
전쟁 후 난리통.
더러운 물 줄줄 흐르는

닭장집.
그중에서도 더러웠던 건
몹시도 두꺼운
입술의 숙부.
번지르르
일본 신부 단장시켜
끝내
내 숙모를 내쫓았을 뿐 아니라
조선전쟁으로 도망 온
사촌형까지
넘겨버렸다.
씨발!
조센 그만둔 건 그 때였지.
생각만 해도
울화통이 치밀어!

듬뿍 고추장 섞어서
고봉 비빔밥
두 그릇이나 먹어 치우고
이쑤시개 한 쪽 손에 들고
안내를 청했다.
의아해하는 매니저
거들떠보지도 않고
쿵쿵쿵 뛰어 올라가
갑자기 층계참에서

마주친 사람은 사장 부인.
삶은 달걀 같은 얼굴로
　당신 누구우?!
고 뭐고 어디 있어!!
　조센 있나아!
라며 주저앉아
내어준 찻잔에
담배 꽂아 세워
두고 나서
구석의 대걸레자루
들쳐 메고 내려갔다.
눈앞의 파친코 손님
밀쳐내버리고
잇따라
일곱 대
깨부쉈을 때
경찰차
가 왔어.
그래서
이
위험한 사내
출입국관리령에 의해
강제송환.
　내 나라야, 가주겠어!
오무라大村 수용소로

끌려가는 동안
그가 부른 것은
　아리랑 도라지.
아무리 불러도
노래는 하나
　아리랑 도라지 말고는
나오지 않는다.
　아리랑 아라리요
　도라지이 아라리요
사내의 노래는
파도 위
현해탄에 흔들리고 끊어지고
　도라지이 도라지이
　아리랑 도라지요오

노래 둘

어느새
하루코는 굳게 믿고 있었다.
떠나는 날 아침은
맑고
부두에
파란 선의 하얀 페리가 있다고.
궁리 끝에
나름 큰맘 먹고 샀을 터인 고기라든가
두 무더기에 얼마로 깎아 산
잔생선 등으로 부푼 장바구니들이
공설시장
좁은 통로에서 북적거릴 때
하루코는
빈 장바구니 든 채
이카이노猪飼野 구초메九丁目[4] 버스정류장에 서있다.
막 손질한 머리를
물방울무늬 스카프로 감싼 채.

그녀가 이쿠노를 떠난 것은

4. (역주) 초메丁目는 행정 단위.

나서 지금까지
소개疏開[5] 때뿐.
움직일 수 없을 만큼 벌레에 물려
유황에 절여진 것이
여행의 기억이다.
싫은 것은 결코 아니지만
이카이노는 이것저것 툭하면 간섭하는 것 같고
지저분하고
말이 거칠고
너무 바쁜 어머니마저
펼쳐놓은 채 느긋하다.
그런 어머니와 말다툼을 한 터라
하루코 마음은 빗나가고 위축되어 멀어져갈 뿐.
다리 옆에 멈춰 서서
운하가 끊어진 멀리 저 너머
또 그 너머 먼 동네를
일이 있을 때마다 상상하는 것이었다.

실은 어제
많은 사람들과 함께 만경봉호를[6] 보고 온 참이다.
투박하다는 것은

5. (역주) 2차 대전 중에 공습에 대비해 사람들을 미리 대피시키는 것을 뜻하는데, 오사카에는 전쟁 시 오사카시의 피난정책으로 만들어진 소개도로가 있었고 지금도 있다. 이 도로를 만들 때 많은 재일조선인들이 집을 잃고 쫓겨난 바 있다.
6. (원주) 만경봉호萬景峰号. 재일동포의 귀국용으로 마련한 조선민주주의인민공화국의 여객화물선.

옥순이의 감상
하기야 좀처럼 올 수 없는 일본까지
자기부담으로 온 것이니.
다부진 모습인 것도 당연하다.
하루코는 기묘하다 할 만큼
엉뚱한 때
엉뚱한 곳에서
죽은 남편을 되살려내고 있었다.
뼈대가 굵고 가슴팍이 두툼한 사내였다.
고향 냄새가 그대로 배어 있는 것 같은
'잠수함'[7] 패거리의 한 사람이었는데
조만간 이카이노를 빠져나가자며
반대를 무릅쓰고 부부가 되었다.
이카이노가 전부인 남자와 여자가
단 세 사람 직공을 고용해서
죽자 살자 계속 일해
하청이지만 자립했다
그것도 한순간
벨트에 말려들어가
어처구니없을 만큼
저 사람만 가버렸다.
그리하여 다시
하루코는 직공으로

7. (원주) 밀항자들을 뜻한다.

육 개월 된 배를 안고
되돌아갔다.
수년에 걸쳐
발뒤꿈치 바닥보다 점점
손바닥이 더 딱딱해져
벌이의 고통마저 멀어지기 시작할 때
마치 사람이 달라진 듯
눈부신 치마저고리
화려하게 차려 입고
　어우 매워
옛 친구 에이코가 왔다.
코를 찌르는 용제溶劑에 질려
과장하여 찌푸린 얼굴로.
덕분에 하루코는 여행을 했다.
처음 만난 친구마냥
에이코와 함께 앉아 여행을 했다.
생각만큼 빠르지 않은
신칸센 짧은 여행을.

노래에도
경계가 있음을 알게 되는 건
참으로 거북한 일이다.
한바탕 떠든 뒤
저 썰렁한 자리를 견디다 못해
하루코는 그만 여느 때처럼 예의 십팔 번을 부르고 만다.

벌써 이 년이나 되었는데
하루코 레퍼토리에
변화의 조짐은 별로 없다.
같은 노래
같은 가락.
애매한 발음이건만
감정만은 잔뜩 배어 있다.
똑소리 나는 서울
여가수 노래가 어떻든
하루코는 딱히
한국노래라고 생각한 적이 없다.
모든 노래가
그녀에게는 고운 조선의
노래인 것이다.
롤러를 밀며
외워 익힌
  "금수산錦繡山
    민주 수도"를[8]
그녀는 목청껏 외쳐댄다.
아는지 모르는지
알고 있는 사람만
기가 죽는데
그래도 제법

8. (원주) 북조선에서 조선민주주의인민공화국의 수도 평양을 예찬하는 민요조의 노래.

손님들은 모두 흥이 나기 시작한다.

바다를 건너갈 바에야
가버리고 말자는 생각이다.
오는 배가 있는 이상
내가 갈 수 있는 나라가 있으리라 생각한다.
하루코는 어쩐 일인지
보면 안 될 민낯을 보고 만 것 같아
늘 꺼림칙한 기분이다.
한국에서 온 고운 여자들조차
한결같이 젊어지고 있던 것은
똑같이 그늘진 무거운 삶이었을 테니.
에헤야
흥겨워하고 있어도
마음은 제각각
저마다 다른 곳에서
같은 노래를 부르고 있을 것이다.
그래도 고향이 제일이지
일부러 바다를 건너서까지
돌아가기 위해
일본으로 오는 것이다.
하루코는
가버리기 위해
이카이노를 떠나고 싶다는 생각이다.
신칸센은 쾌적했지만

가는 데마다
아무리 멀리 가도
낯익은 이카이노 아가씨는 거기에 있었다.
그러니 기차로 가봐야 소용없다.
어디로 어떻게 가본들
일본에서는 도무지 마음이 밝아질 곳이 없다.
운하를 지나가며
배를 기다린다.
성큼성큼
뭍으로 기어 올라올 배를 기다린다.
파란 선이 그어진 하얀
하루코의 배.
이카이노 한복판에서
길흉을 점치지도 않고
택시도 타지 않는다.
버스를 기다리고
배를 기다리고 있다.

노래 또 하나

두들겨준다.

두들겨준다.

분주함만이

밥의 희망이지.

마누라에 어린것에

어머니에 누이.

입에 고이는 못釘을, 땀을

뱉고 두들기고

두들겨댄다.

일당 오천 엔

벌이

열 켤레 두들겨

사십 엔.

한가한 놈은

계산해 봐!

두들기고 나르고

쌓아올리고

온가족이 달려들어 살아간다.

온 일본의 구두 밑창
때리고 두들겨
밥으로 삼는다.

두들기고 두들기고
두들겨댄다.
있으면서 없는 우리
도망치는 계절에
이 시름 두들기고
두들겨댄다.

봄에 가을신발 두들겨 박고
겨울 지나면
보릿고개 !
온가족의 벌이가 어떻든
경기景氣 하나로
말라버리니.
그래서 서둘러
두들겨댄다.

두들기고 두들기고
두들겨댄다
석유 벼락부자 살찌운
정치라는 걸 두들겨 박는다!

어째서 우리는
이 모양인지.
남에게 밟혀 밥이 되는
그런 일로 사는 것인지.

발등 쪽부터 눌러주고
두들겨준다.
두들겨준다.
바닥의 밑창까지
두들겨준다!

뼈가 운다고
어머니는 울고
아버지는 묵묵히
불단佛壇 위에.

돌아갈 땅은
어디 있는지
고향이 그렇게 멀 거라곤
지금껏 아무도 몰랐어.

두들기고 더듬고
두들겨댄다.
원통한 아버지를
두들겨댄다.

삼십 년 버티어
방 두 칸의 나가야長屋.[9]
죽은 아버지가
겨우 얻어낸 것이지.

두들기고 두들기고
두들겨 박아
풀어지지 않으려나
뼈의 심사心事여.

두들겨준다.
두들겨준다.
일본이라는 나라를
두들겨준다.
홀로 남겨진
조선도.
가 닳으라고
두들겨준다!

통일 기다리다
어머니가 죽겠지.
나는 나대로

9. (역주) 얇은 벽으로 칸을 막아서 여러 가구가 살 수 있도록 길게 만든 집.

어쩔 수 없이
늙어가겠지.

두들겨도
두들겨도
못다 두들길
지나갈 뿐인
세월을 두들겨준다.
두들기고 두들기고
두들겨 박고
먹고 있을 뿐인
나를 두들겨준다.

이래도 고향보다
좋다고 하지.
벌이가 되니까
온다고 하지.

감기에나 쳐 걸려
죽어버려라!
찌끄레기 낙수落水에 매달리는
그런 나라야말로
뒈져버려라!

간코쿠 간코쿠[10]

못 세 개.
한껏 기다란 놈
박아 세우고
단번에 쾅쾅
두들겨준다!
걸핏하면
잡아넣는
철창 우리를
두들겨준다!

두들겨준다.
두들겨준다.
악마도 악마
색안경
그놈에게 돈 대는
나으리들.

알고 있으니까
두들겨준다!
정치는 모르지만
알고 있다!
힘겨운 살림
나쁜 거래.

10. (역주) 한국. 원문에 히라가나로 표기되어 있는데, 못 박는 소리의 의성어를 염두에 둔 듯하다.

두들겨준다.
두들겨준다.
산도 보고 싶다.
바다도 보고 싶다.
아버지의 고향
가보고도 싶다.
이 손가락 부수고
잠에 취하여
멍하니 푸른 하늘
바라보고 싶다.

그걸 못 한다.
책망도 하지 않는다.
두들겨 두들기고
두들겨 박고
골목길 해는 지고
별이는 아직이다.
우리도 격자에
사로잡힌 삶이다.

두들기고 있다.
두들기고 있다
푸념할 틈도 없다
울지도 않는다.

두들겨주는 것이다.

두들겨준다.

두들겨준다.

두들겨준다.

겨울 숭어

"나카오리"[11] 아저씨
사연을 들은 사람
아직 없다.
그러나 울보
"나카오리" 아저씨만은
다들 안다.

평소 같으면
얼굴을 반쯤 모자챙에 가리고
입을 꾹 다물어 듬직하지만
모자를 뒤집어 쓸 만큼
취기가 오르면
누구에게나 매달려
마구
장탄식 우는 소리를 한다.

　여보
　들어주시오
　내가 친 그물은

11. (역주) 나카오리는 중절모란 뜻인데, 뒤에 나오는 모자 얘기와 관련해 얻은 별명인 듯하다.

아직 아무도 끌어 올리지 않았다니까……
늘 똑같은 푸념이라서
모두가 흉내 내는
웃음거리지만
도대체 어떤 일이
나카오리 아저씨 모자 속에
가득 차 있는 것인지.

오늘 밤은 또
중앙시장까지 들먹이며
한국에서 오는 생선은 뭐든
내 것이라 우기고 있다.
배꼽 색깔 보라색이 될 만큼
꽁꽁 얼고
젖고
삭풍朔風으로
욱신욱신
관자놀이 퉁퉁 부어
한나절 내내
그물을 친다.
그런데 그날 밤
다짜고짜 날아든 것이
집마저 얼려버린
징용이었단다.

뱃바닥이었기에
어느 바다를 지났는지 몰랐고
전후에도
탄가루 대신 가죽먼지
눈언저리 분장만은 이어지고 있다지.
무엇보다
환갑이란 말 듣기를 불길하게 여기고
진해鎭海 앞바다 돌아갈 때까지는 이라며
혼자 눈물범벅이 된다.

이런 나카오리 아저씨의 무엇에
낚였는지.
한밤중.
이카이노 겨울 숭어
한 마리.
오래된 오버코트 어깨에
바닷바람 기억에 나부끼며
매달려 있다.

나날의 깊이에서 1

밀쳐내지고
처넣어지고
미루어지는 나날만이
오늘인 이에게
오늘만큼 내일 없는 나날도 없다.
어제가 그대로 오늘이기에
벌써 오늘은
기울어진 위도의 등에서
내일인 것이다.
그래서 그에게는
어제조차 없다.
내일도 없고
어제도 없고
있는 것은 그저
그게 그거인 나날의
오늘뿐이다.

그런 그가 부주의하게도
응시하고 있는 과거를 보고만 것이다.
조각난 나날이
부업의 부피가 되어 방을 밀어올리고 있었을 때

바짝 마른 형광등으로
비스듬히 구획된 저쪽에서 뒤돌아본 것이다.
눈부신 반사에 녹아들어 있는 듯
언제라 할 수 없는 계절
그것은 투명한 그림자놀이 같기도 하고
어둠을 사이에 두고 입을 삐끔대는
두절된 세월의 변명 같기도 했다.

확실히 보아둔
언젠가의 무언가다.
어느 끝에서인지 입자가 내리쏟아져
잊어버린 나날을
하나의 모양으로 그리던 와중이었다.
아마 그것이야말로
내 뼈아픈 물증이 되리라.
생각이 나지 않아 모르는 게 아니라
지나가게 둔 사이 뒤섞여버린
오늘의 연속인
어떤 것이다.

필경 그 놈은
내가 모르는 어딘가에 계속 눌러 앉아
서서히 나를 바꿔갔음에 틀림없다.
스스로 자신을 알아채지 못할 만큼
나날의 삶에 녹아들어간 것이다.

그렇기에 나는
바뀌었을 터인 내가
어디서 바뀌었는지 알지 못한다.
원으로 환원된
직선처럼
같은 곳을 끝없이 맴돌고 있는 게 나라면
이것은 어떻게 보아도 팽이의 삶이다.
뜻밖에 이런 얼개가
고식적 보신保身으로 나를 몰아넣은 중개자인지도 모른다.
오늘을 살며
오늘이 아니라
하루살이의 오늘 말곤
오늘의 오늘을 살고 있지 않다.
사람과는 늘 떨어져 있기에
꾸는 꿈마저 썰렁하다.
평소대로 꿈이 오는 것이다!

이미 그는
나이는 분명
꿈이 말라버릴 때 든다는 걸 알고 있었으리라.
분별 짓고
조리條理를 세우고
뭐든 잘 알고 있고
노련해졌다.
통일까지도 국가에 내맡기고

조국은 완전히
구경하는 위치에 모셔두었다.
그래서 향수는
감미로운 조국에 대한 사랑이며
재일을 사는
일인독점의 원초성이다.
일본인에 대해서가 아니면
조선이 아닌
그런 조선이
조선을 산다!
그래서 나에게 조선은 없다.
활짝 열린 동공의
영상을 품은 그늘뿐이다.
즉 내가
그림자인 것이다.

아무튼 부피를 쌓아올리고
방의 일부를 방으로 되돌리고
모르는 암호를
내던져버리듯
그러고선 빛의 이면을 잊어버렸다.
삶은 간신히
평소대로 사각의 밥상을 둘러싸고 있었지만
같은 시간 깊숙한 곳에서 돌아온 그에겐
왠지 가족이

거기 기대어들 있다는 사실이 낯설었다.
정말
거기서 그러는 게 가족이라면
그것은 자기가 태어나기 훨씬 전부터
거기서 그렇게 하고 있었던 것이다 !
나 또한 언제 적 시간을 살고 있는 것인가?
부스스 일어난 참에
그는 다시금
가사袈裟를 걸치고 어둠의 세계로 들어가버렸다.
같은 시간을 다시 역행하여
그 앞이
열리지 않는 두껍닫이임을 더듬더듬 알아냈는데
도무지 기억이 없는 곳에 그것은 있었다.
그러나 그는 쓸쓸하게 묻혀 있는 것이
잃어버린 기억의 관임을 이내 알았다.
턱없는 어둠에 짓눌려
우리는 애써 작은 단란團欒을 만들고 있는 것인데
그게 바로 저 안에 진좌鎭座하고 계시던 어둠의 누름돌인 것이다.
필경 잊고 지나친 제례祭禮가
기억의 바깥에서 응고된 게 틀림없다.

내가 발돋움하는 끄트머리에서
그렇다! 틀림없이
그 앞에서
빛을 받아 반짝이던 날이 있었다!

손이란 손 모두
들어 올린 곳에서 끓어오르고 있었던
그 뜨거운 햇살을 보지 않게 된 것이다!
포옹이 있었다!
외침이 있었다!
소리 아닌 소리의
눈물이 있었다!
사상에 명운을 내준 일은 없으며
형수가 있고
사촌이 있고
산이 흔들리고
바다가 빛났다!
소원해진 세월의 끝자락에서
나의 삶은 발돋움한 끄트머리에서
어둠이 된다!
관,
관,
관!
와해되는 골판지 상자로
짓눌리는
저녁밥!

나날의 깊이에서 2

무너진다.

형태 그대로

냉장고에는

썩어가는

고등어가 있고,

떨어진다.

스스로는 바뀔 것 같지 않은 삶이

탈수기 소용돌이에 말려들어

윙윙대는 동안

말라만 가는 나날을

원심의 벽에

걸고 있다.

휘둘리면서

날이 가고

이것이 안정인가 라며

구심력을 잊고

표피로 헤아려지는

신선도 때문에

입에 맞지 않는 버터구이가

프라이팬 째

소위 필연을 가져오게 된다.

김치가 땡기는 것은
입가심을 위해서이며
몹시 매운
빨간색이 팔려
나라는
머나먼 것이라고
사무치게
얼얼한 눈물로
후회하는 것이다.

어느새 이것이
내 몸짓을 대신하고 있다.
즉시 이빨을 드러내기에
내 앞에는
벽만 남고 말았다.
그것은 분명
예의 위경련이
처음 닥쳐온 날의 일이다.
바이트[12]로 너무 깎아버린 순간
돌연 아픔은 송곳처럼 뾰족해져
저 너머로 뚫고 나가버렸다.
아찔해진 눈眼으로선
격분한 그라인더로부터

12. (역주) 선반旋盤 등 공작기계에 쓰이는 절삭切削용 칼.

뒤틀린 위장을 잘도 지켜낸 셈이지만
이것도 내 의지의 작용은 아니다.
너무나 노골적인
적의敵意 때문에
고꾸라질 뻔했는데
고꾸라지기 직전 간신히 멈추었단 말이다.
하마터면
정말로 멱살에
바람구멍이 날 듯한 사태였다
어쨌든 30센티 드릴이
난데없이 벽 저편에서
연기 나는 칼끝으로 찔러온 것이다.
하필이면
바로 나를 향해서!
뜻밖의 울분은
뾰족함이 틀림없음을
비로소 알았다.
그렇기에 우리는
벽을 서로 보존해두는 것이다.
섣불리 뚫고 들어가는 것만은
그만두기로 한 것이다.

우선 기피되는 것으로부터
끊어지는 것을 배운다.
질서란 원래

끊어지는 관계로 이루어지고
구획됨의 불안함은
가로막힌 것을
이어주기도 한다.
그것은 애정이라고도 할 만하다.
생각이나 해보자.
바뀌어봐야 그게 그거인 나날을 살며
평온함이 어째서
우리들의 축복이 되는가?
단지 나라가
바다 건너에 있기에 안온한 것인가?
가로막혀 있는 것에
우리의 왕래 없는
소원이 있기에
서로 싸우는 사상에도
우리의 마음은
숨은 채 상관없는 것이다.
벽은
우리에게 필연의 대치對峙를 강요하는
대화이고
기다림
아직 이루어지지 않은 만남이
거기서 끊어져 있음을 확인하기도 한다.
갑자기 송곳처럼 뚫고 들어오는
저 놈의 경우에도

그것은 그 나름의 전언傳言.
그 놈도 나처럼
울적한 시간에 몸이 쑤시고 있음의 증명이다.
그와 나는
기묘하게도
모르는 사이에
서로 통하는 관계다.
그의 표정 주름 하나까지도
손바닥을 보듯이 나는 알 수 있다.
그저께는 '구국선언' 지원 대회에서
함께 주먹을 치켜들었다!
함께 어울려 소리도 질렀고
남모르게 여자를 훑어보고선
사로잡힌 욕정이
얼마나 처참하냐며
다투어 서명한 사이이기도 하다.
물론 때로는
엄니를 드러내고 으르렁거리기도 한다.
공중제비를 돌고
아우성치며
벽을 사이에 두고 고함을 지른다.
그 벽 때문에
우리는 이웃이다.
가령 실수로라도
예고 없이

경계를 걷어치우면 안 된다.
그야말로 서로 죽이는 일이
일어날지도 모를 일이다.
나도 그렇듯
얼굴이 굳어지고
이빨을 드러내면서
타인이다.
그와 내가 다르기 위해서는
적확히 하루를
구분하는 수밖에 없다.
되도록 독자적인 사이클이
필요하다는 말이다.
나의 하루는
그것을 위해 부심하는 하루이기도 하다.
우선 소란을 피우는 것으로 시작하여
그 소란을 나누어주는 것이
오전의 공정
평소의 권태가
나른하게 대가리를 쳐들기 시작하는 시각을
오후 4시로 한다.
이것으로 딱 하루의 일은
절반의 목전에
이르는 셈이나.
나는 부스스
쪼그리고 앉아있는 아내에게

싸구려 엽차를 한 잔 달라 하고

(담배는 피스peace까지[13] 연기로 만들기에, 나는 일체 가까이 하지 않는다.)

아내도 그것이 수순手順인 양

잘록하지 않은 허리를

일으키긴 하지만

굽은 등뼈에

기중기가 가닿는 일은 없는 것이다.

20년 동안 길들인

심상치 않은 습벽習癖으로

가능한 행위다.

아내의 품속에는 무엇이든

그래, 침실부터 작업장까지 준비되어 있고

말하자면 취사장 같은 것은

그녀의 명치 어딘가에 붙어 있는

상자인 것이다.

이런 아내도 그렇고,

맞은편 집의

영지 할머니도 그렇고

어찌 이리도

여자는 고집이 셀까 하고 생각한다.

연설을 싫어하고

무뚝뚝한데

13. (역주) 피스는 평화를 뜻하지만, 담배 이름이기도 하다.

어떠한 일상도
그들의 팔 안에서는 변색되고 만다.
그중에서도
영지 할머니가 떠들기 시작하면
어찌해볼 도리가 없다.
어젯밤 일로
적잖이 동요하고 있는 나다.
나답지 않게
오늘 아침에는 오히려
소란을 잠재우기에 여념이 없었다.
고작 포장지가 된 신문지 한 장으로
저 영지 할머니를 화나게 만들어버렸다.
　이제 됐겠죠?
물은 끓은 것 같고
아내는 태연스레 재촉하는데
어거지로 꺾어 누른 체면도 있다.
아무리 나라도 망설여진다.
애시당초 정에 매인
서로의 관계가 문제였던 것이다.
일의 시작이 된 반사反射의 경우도
평소의 경모敬慕가 분출된 것일 뿐,
절대로 영지 할머니
싹싹함을 비난하려는 건
결코 아니었다.
그런데 봐라.

비록 심부름 왔던 며느리가
놀라서 일러바쳤다 할지라도 말이다,
쑥떡을 보내준
친절한 후의厚意까지 욕을 얻어먹었다고.
그것은 본의本意가 아니다.
아무리 친해도 그렇지,
설마 막 배포한 조선신보朝鮮新報가[14]
떡을 싼 채 돌아오다니, 기막힐 노릇 아닌가!
그래서 그만
그것도 아내를 응시하면서
아니 내 자신의 주체사상을 향해
고함친 것이다!
　무례하구만!
　위대하신 수령님께 무례하구만!
이것이 오늘 아침
소동이 일어나게 된 전말이다.
너무 입심 사나운 말을
입 밖에 내니까
그야말로 어쩔 수 없이
나는 단숨에 연마상자[15]에다 밀어 넣고 만 것이다.
신중하게 들여다봤는데
그토록 큰 목소리도

14. (역주) 재일본조선인총연합회(조선총련) 기관지다.
15. (원주) 소형금속제품을 연마하는 가로로 긴 회전상자. 안에는 가죽쪼가리로 가득 채워져 있다.

연마 상자 속에서 완전히 쉬어버리고 말았다.
그래도 치열齒列만은
더러운 가죽쪼가리들 사이에서 빛나고 있었다.
원래 가식 없는 이齒였지만
이런 닭음새는
어떻게 보아도
본심의 흰색이다!
경애하느은,
경애하느은,
경애하는 경애하는
경애하느으으은
이것으로 됐나
앞으로 10만 일日 동안 말해 두노니
경애하느은이다!
경애하는
경애하는
한 분밖에 실리지 않는 신문
안 읽어도
읽어도
긴닛세金日成잖아!!
이야
의외지만 이건 사실이다!
'김일성 원수님'을 빼버리면
아무것도 남지 않는다!
아무것도 남지 않을 만큼

그 분이 조선인 것이다!
조선이 그 분을
보도하기 때문에
수령님만의
신문이 되는 것이다!
이건 대단한 일이다.
영지 할머니도
나도
틀리지 않았음이 증명되었다!
역시 문제가 되었던 건 오직
격의 없는 무분별이었다!
이제부터는
조심하자.
명확히 주체主體를 주시하고
이웃과의 교제에도 선을 지키자.

적당히 차도 식었으니
할머니를 달래어
영지 할머니로 되돌려 놓고
평소 같은 성실한
나로 되돌아간다.
할당된 일로 빽빽한
우리 부부에게는
차茶 한 잔이라고 해봐야
원래

찻잔 가장자리에 입을
대는 식으로 한 숨 돌리는 것을 말할 뿐.
이 연계 동작이 시간을 잡아먹어
혹시라도 회전을 중단시키면
우리는 당장
하수 아래까지 굴러 떨어질 게
틀림없다.
근래 갑자기 하체도 약해지기 시작하여
쑥하고 빠져나갈 것 같은 불안이
그렇지 않아도 요즘 계속
우리를 괴롭혀온 것이다.
설령 내가
반 마력[16]의 회전을 멈추어본들
집 째 회전시키는 세로의 힘에는
거스를 길이 없다.
알다시피
우리의 벌이는
녹로轆轤라든가
연마기라든가
수평 회전으로부터 짜내는 것뿐이다.
그런데 주어지는 생활비로 말하자면
세로를 세로로 연결하고
그 연결을 횡橫으로

16. (원주) 가정용으로 흔히 사용되는 1/2마력짜리 전동모터를 뜻함.

옆으로 넘겨주어야 하는 구조 밖으로는
돌아廻오지 않는다.
우리 직종에는
신음과 아우성
두 가지가 있다고 이전에도 말했다.
핀만큼 나사를 깎아도
우리 정수리에서는
삐걱삐걱 쇳소리가 감겨 올라간다.
아무리 잘 해보아도
초조한 '숫자'에 지나지 않는
나사 하나의
한심함 때문이다.
어디서 무엇에
끼워 넣는지도 모르는 채
오로지 벌이를 위해
손가락이 지친다.
늑골에 신경이 병들고
생활비가 죄다 바닥날 무렵
필경 우리는
신관信管[17]이었음을
그 정도의 사실을 알게 된다.
이 울화통 터질 노력勞力이 한스럽다!
벽 너머에서

17. (역주) 폭탄 등을 폭발시키기 위해서 탄두나 탄저에 붙인 장치.

저놈이 뾰족해지고
땅을 울리며
못다 이룬 사회주의가
프레스를 두들겨댄다!
집은 드럼!
나는 심벌즈!
치고 또 치고
소란을 피우고
소란에 뒤섞여
내가 사라진다.
장중한 파이프오르간
내게 맞는
빠져나갈 구멍 속.
선율은
별만큼이나
기도를 장식하고
제 각각
원통의 어둠 속을 빠져나갈 테지만
언젠가 내 비명이
천창을 부수었다고 상상해주지 않겠나?!
드르륵 벌러덩
빙글빙글 끼익
익숙함이 뒤엉키고
연마기가 돈다.
한껏 큰 소리로 욕을 퍼부으며

닿지 않는 외침이
나를 넘어간다.
앉아 있어도
날은 저문다!

떨어진다.
지나갈 뿐인
나날이 떨어진다.
냉장고에는
열흘째 생선이 굳어진 채 그대로이고
포개어져 시든 것은
오늘을 뒤집어쓴 허물들.
나는 아직
나에게 물린
정적靜寂을 보지 못해
질퍽하게 물크러진 그놈을
무심히 벽에다 걸어둔다.
어떻게 봐도 떨어질 수밖에 없는
차림새다.
이것으로
기다릴 것인지
견딜 것인지
둘 중 하나지만
나는 한 발 앞서
김지하를[18] 돕기 위해 나가기로 한다.

머지않아 저놈도
나와는 별도로
아무튼 행사장으로 갈 터이다.
같은 것을 도모하고 있어도
우리가 같아지는 것은
등을 맞대고 떠날 때뿐이다.
숙명 따위
거창한 말은 하지 않을 것이다.
늘 마주하고 있어도
벽인 것이기에
어딘가에서
혼잡을 스쳐 지나가는
그와 내가
지나가는 사람들의
낯섦 속에 있으면 된다.
거무스름해진 운하의 저편.
함께일지도 모를 버스정류장까지
걸음이 잰걸음으로
어둠에 삼켜지는 오늘의 다리를
건너는 것이다.

18. (원주) 한국 박정희 군사정권을 풍자한 시 「오적」을 발표하여 반공법 위반으로 체포되어 한때 사형선고까지 받았던 민주화요구투쟁 시기의 저항시인.

조선신보朝鮮辛報[19]

— 이 가닿을 길 없는 대화

어떤 포물선을 그렸는지
종이비행기가 날아들었다.
꼬마들의 강고한 요구로
어쩔 수 없이 반환에 응했으나
이 국적 확연한
기체機体.
배속된 지 얼마 되지 않은 듯한
날짜를 휘날리며
일회전.
나가야長屋 벽에 부딪쳐
골목 하수에 빠지고 말았다.
기주機主
들여다보긴 해도
주워들려곤 하지 않고
이내
아주 새로운 기재機材를 땅바닥에 펼친다.
이 바닥나지 않는 자원과
넓은 하늘을 향한 희구.

19. (역주) 조선신보는 원래 <朝鮮新報>인데 '새롭다'를 뜻하는 신新을 '맵다', '힘들다'를 뜻하는 신辛으로 바꾸어 쓴 것으로 보인다.

월 천 엔 갹출이
어린 마음의 꿈의 무게로
골목에 줄선 집들을 넘지도 않고
두 바퀴
세 바퀴
이 막다른 골목 어딘가에서
부서지고만 있다.

조선와보朝鮮瓦報[20]

— 이 내버려진 유산

당신은 정말
편안해보였습니다.
수령님.
당신께 손길이 미친 것을
처음으로 보았던 것입니다.
항상 어딘가에서
옆으로 돌아선 채 계시거나
엎어진 채 쌓여
먼지를 뒤집어쓰고 있던 당신께
수령님!
단풍잎 같은 손이 볼을 비빈 것입니다.
가지런하지 않은
푸른 수염을 갖게 되어
정말 당신은
소탈한 사람이 되었습니다.
그렇습니다.
호 할아버지[21]에게도

20. (역주) 조선총련에서 발행하는 잡지 『조선화보朝鮮畵報』의 제목을, 일본어로는 발음이 같은 '와보瓦報'로 바꾸어 쓴 것으로 보인다. 와瓦는 옥玉과 대비하여 가치 없는 것을 뜻하는 글자인데, 시에서 사진에 수염을 덧그린 그림을 소재로 하여 가치를 반어적으로 뒤집고 있음을 고려하여 읽으면 좋을 듯하다.

수염이 있었음이 생각났습니다.

그래서 다들

이마를 맞대고

아직

우리 수령님은 젊으셔! 라고

친근해진 당신께

눈을 크게 떴습니다!

화려한 차림으로

멋대로 나돌아 다니며

변함없는 애교시네 하는 말을

더는 듣지 않게 되시길.

오쿠다 다리 옆의

홍 씨네 이발소에서는

수령님.

엄숙한

흰 종이도 벗겨져

겨우

당신도

사람 중 하나가 되었습니다.

21. (원주) 베트남의 초대 대통령 호치민.

이카이노 도깨비

모르는 채
만나게 될지도 모른다.
선량한 독자 여러분을 위해
살짝 말해두자.
기나가시着ながし[22] 따위로는
동네를 어정거리지 말라는 것을.
그의 기분이 언짢다는 이유 하나로
틀림없이 알몸이 될 걸세.
길 한복판에서 말이야.

그건 민폐라 하겠지.
나도 말리지 않는 건 아닌데
그의 후각이
내 반응보다 훨씬 빨라.
그 정도 재빠르니
순식간일 거야.
스치듯 지나가자마자
어느새 띠는 끌러졌다고 봐도 돼.
빙빙 도는

22. (역주) 일본식의 약식 옷차림.

팽이처럼
자세를 바로잡았을 땐
몸에 지닌 것을
몽땅 털린 상태일 걸.
그건 필경
니혼 행세하는
조센이란 말이니
길에선 모두가
박수갈채!
그 작지도 않은 콧구멍을
벌름거리며
이 벽창호
이카이노 도깨비
호기심 많은 구경꾼 거느리고
보고 드리는 순서가 되지.
마치 정해진 절차라도 되듯이 말이야.

이런 이런
또 다시 경범죄라는데!
역시 이카이노 순경아저씨.
울상 짓고 있는
조센을 위해
두루마기 한 손에 들고
내달린다!
유실물

멋대로 주웠다는 꾸지람
도깨비 녀석도 얌전히 듣고
유카타는 탁 탁
먼지를 털어
그대로 자선함에 접어 넣는다.
고세이 다리의 파출소에는
듣자니 이번 여름만 해도
여든여덟 장이나 모였단다.
크리스마스 선물로는
백 장 정도 더 필요하다고
순경이 말했다느니
말하지 않았다느니.
도깨비는 히죽히죽 우쭐거리며
　소중히 다뤄야지
　　어르신들의 즐거움은—
이라며 턱을 쓰다듬는다.

최근 일인데
결혼 의상은
특히 가로채는 보람이 있는 것이었다,
라고 하면 법에 저촉되니
떠맡을 수 없을 만한 유실물이었다고
정정하자.
풍채도 좋지 않은 주제에
종일 골프를 즐기고

번지르르 상류를 자처하는
사장일가.
우에하라 산업의 재난이었다.
큰딸의 혼례라며
급조한 가문家紋[23]
자랑스레 새기고
신부의 의상부터 하오리[24]까지
합계 250만 엔이라고 떠벌린다.
그러던 끝에
하필이면 예복이 없으니 라며
이웃 사람들
예식 참가를 거절한 것이다!

이카이노 도깨비
열 받았지!
날이 새면 경사스런 결혼식.
이런 때를 어찌 놓치랴!
무대 같은
옷방에
마늘 세 통
슬그머니 올려놓고
전기곤로 스위치를 켠다.

23. (역주) 가문家門을 상징하는 문장紋章.
24. (역주) 일본옷의 위에 입는 겉옷.

누르스름하게 스며들며
연기가 피어올라
방 안에 있는 건
무엇이든
양탄자의 섬유 한 올 한 올.
그 냄새라니!
그 냄새라니!

진정 나는
동정했다.
커다란 등치 무너지며
벼룩부부[25]의
아내가
세상 끝난 듯 미치는 모습이라니!
그래도 남편은 사장인 남편인지라
빌린 의상 따위론 체면이 안 선다며
허둥지둥 찾아낸 쇼윈도
하얀 베일의 웨딩드레스.
벗겨내는 시간조차 안달하여
가까스로 달려온다.
그런데 웬걸
해도 너무하지 않은가?!
아무리 일가가 냄새난다 해도 그렇지,

25. (역주) 아내 몸집이 남편보다 큰 부부를 말함.

자리를 떠난 하객들이라니!
오 가엾은
우에하라 씨.
그런데도 누구 하나
이카이노 도깨비를 탓하지 않는다.
세상은 꽤나
냉정한 것이다.
만난 자의
불운이라 하다니!

우에하라 씨!
사장님!
골프만 안쳤어도
그의 기분이 고만고만이었을 터.
상해죄에
공갈에
이카이노 도깨비가 전과는 있으나
골프에 대해서만큼은 원고原告다.
세상이 모조리
작대기를 휘두르니
우리 도깨비의
성질이 삐뚤어지는 것이다.
좀처럼 오지 않는 태풍이
오사카 인근을 통과한 날.
역 플랫폼에서 포즈를 취하던

샐러리맨의 우산에
도깨비 스스로 부딪친 것이다.
그래서 50만 엔 상해금을 물려
지금 소송 중.
하필이면 이런 때
아가씨 혼례와 마주쳐버렸으니!

이카이노 도깨비는
심술쟁이.
이것만은
알고 있어야지.
어젯밤 막차에서의
주먹다짐도
나만은 이유를 안다.
여자가 한 명
시비에 얽혀
난처해하는 데도 그냥 둔 채.
주변의 남자 누구 하나
보고도 못 본 척하는
술주정꾼.
끝내 도깨비가 참다못해
단숨에 드잡아 밀친다!
양옆에 앉아 있던
사려 깊어 보이는
두 명의 신사.

무슨 짓을 하는 거냐! 고
바로 고쳐 앉고
뜻밖의 폭력에
눈알을 희번덕!

동지여!
라고 하듯 손뼉을 치며
기대선 취객에게
무르팍 한 방
정면으로 먹여주어
소리가 났지
일본인!
전차가 선다.
유유히 나간다.
해양박람회에
간다고는 했으나
무슨 일이 있어도
조센 험담 하지 마라.
그는 또
안테나보다
더 빨리 듣지!
이카이노 도깨비는
신출귀몰.

나날의 깊이에서 3

그것은 상자다.
조각난 나날의
헛간이며
밀어 넣어진 삶이
뒤얽혀 떠드는
그것은 껍데기뿐인
상자다.

상자 속에서
상자를 펴고
하루 종일 상자를 묶고는
상자에 파묻힌다.
상자는 독촉 받는
공동空洞이며
다그쳐져 한숨 나오는
텅 빈 세상살이의
격자다.

입방체로 구획되어 있는 것에
생활이 있고
인내는 항상

나가야 째 격자로 재단되기에
밤낮없이 일한 벌이조차
보금자리가 묻힐 정도
부피에 지나지 않는다.

집게만큼이나
찌부러진 손가락과
군데군데 벗겨진 매니큐어 손톱이
슈즈라든가
샌들
톱 모드를 각각 산출하는
화학chemical[26]인 것이다.
마름질하고
꿰매고
태우고
자르고,
온 집안의 손과 손이
헐떡거리고
시너 아닌 용제溶劑로
벽의 널마저 흐리멍덩 취하고
바닥 문지르기
못 박기
맞붙이기,

26. (역주) '케미컬'은 이카이노의 대표적인 산업인 '케미컬 슈즈'라는 함의가 있을 듯하다.

날마다 퍼래져가는 잇몸이지만
덕분에 볼은
화끈대기 그지없다.
그래도 해치우지 않으면
피 말리는 달이 현관을 뒤덮기에
채워 넣는다.
완성한다.
지붕을 버티며
상자가 포개진다.

상자는
끈질기게 숨어 기다리는
정처 없는 기대의 기다림.
거기에는 견디는 자
찌푸린 얼굴의 정서가 밀려 있고
때마다 찾아오는 굶주림이
항상 마루에서 입 벌리고 있고
채울 길 없는 나날을
닫는 덮개가
으레 현관 끄트머리에서
고개를 쳐들고 있다.
그토록 손에 익은
생업인데도
끝없이 가져가는 세월 속에서
소소한 것들만이

결실을 기다리는 마음이 된다.
그래서 북적거리는 손이
우연한 마주침에
뒤얽히고 끊어지고 하는 것이고
처마 하나를 나누고 있는
가로막지 않는 가로막힘의[27]
오가는 이어짐이 있는 것이다.

소원은
가시 돋친 첨단을
차지하는 것.
그것은 같은 곳에서 으르렁대는
싸움이기 때문이다.
압제에 익숙해져가는 길 너머에서
겨우 보이게 되는 것이
분묘墳墓를 본뜨는
조국이며,
부지런히 불안으로 붓고 있는

27. (역주) 원문은 헤다테나이 헤다타리노へだてない へだたりの. 여기서 '가로막힘'으로 번역된 헤다타리へだたり는 간격, 거리를 뜻하니, 가로막지 않는 간격/거리라고 번역할 수 있다. 이것이 의미를 이해하기는 더 쉽지만 보다시피 헤다테루(가로막다)와 그것의 자동사형 헤다타루(가로막히다)를 일부러 겹쳐서 역설적 문장을 만든 것이기에 헤다타리는 가로막힘으로 번역했다. 방들이 줄줄이 연이어 있는 싸구려 '나가야'에서 방을 나누는 벽은, 벽을 '사이에 두고へだてる' 같이 살 수 있게 해준다. 가로막기에 이웃으로 이어시는 관세가 가능해지니 벽이란 '가로막지 않는 가로막힘'의 기능을 수행하는 셈이다. 가로막다, 사이에 두다, 멀리하다 등을 동시에 뜻하는 동사 へだてる의 이러한 중의성은 뒤에 '가로막는 풍경'에서 다시 보게 될 것이다.

곗돈의 전액이
바다를 건너가는 위세를 위한
가향家鄕이라는 식이다.
둘 다
인종忍從을 강요하는 풍습이므로
견디는 것으로부터
견디지 않는 한
끊어져 있는 것으로부터
끊어지는 것은 아예 있을 수 없는 것이다.
같은 것의 표리表裏라기보다는
첨단이 주변이라는 말이다.
결코 틀린 생각이라고 해서는 안 된다.

아무튼 주위를 둘러보게나.
얼마만큼의 공간이
자신에게 있는가 차분히 보게나.
가령 9층의 전망이라도
그것은 그곳에서 구획된
나락의 첨단에 지나지 않는다.
가로챈 조망眺望이 아니라
끌어올린 원망願望임을 알 수 있겠지.
나도 이제 막
그 첨단에서 돌아온 참이다.
참으로 떠들썩한 혼례였는데
이미 의례는

세상 일반의 통념을 축하하는 모임이 되기도 한다.
무턱대고
의사 선생님이 되어주어야 하는
아들이 하나
성인이 되고
마디진 세월은
적확하게
평온하게 있을 수 있는
세월이 되어주어야 한다.
무엇보다 불안을 끊는 것이
일본을 사는 요건이기에
재일의 흔들리지 않는 선량選良이
세 글자로 불리는 일은
훨씬 전에 끊어졌다.
끊어졌기 때문에
찌부러진 손가락
도박이 있는 것이며
그것과 포개지는 재일이 있기에
끊어져 있을 수 있는
이어짐이 있는 것이다.

끊어진다.
애초부터 끊어진다.
끊어지기 전부터 끊어져 있기에
끊는 것으로부터도

끊어져 있다.
견디어야 하는 생업에
이어지는 무엇을
알 수 없을 만큼
이어지는 것으로부터
끊어져 있다.
태양이 홀로
버스길 저쪽에서 내려앉고 있어도
시선을 던질 곳 없으니
꿈꾸는 나라의 때깔도 없다.
밤 이슥히 별을 품는
운하도 아니니
물론 서둘러 돌아갈
바다도 아니다.
틀어박히고 끊어진다.
어쨌든 끊어진다.
주의主義로부터 끊어지고
속내로부터 끊어지고
자족한 셈치고 있는
생계로부터도 끊어져본다.
바닥을 턴 그 자리에서
한잠도 못 자고
희어지고 있는 것을
만나본다.
오들오들 떨고 있는

가는 뿌리의 얽힘.
암반에 달라붙는
이국을 사는 굴레.
얕은 뿌리에
흙마루가 다져져 있다.
그것은 기초도 없이
외막대기로 서있는
상자.
껍데기뿐인,
알루미늄 새시의,
타일이 눈부신
벼락부자다.

상자를 살고
상자에 묻힌다.
어디까지나 그것은
상자.
밤이라도 되면
어머니는 가방을
정리하여 넣고는
넣었다가 꺼낸다.
재촉조차 없는
출발의 재촉에
나는 홀로
스트레이트에 물을 타서

마시고 있다.
아까부터
전화는
상자 저쪽에서
계속 울리고 있다.
들어봤자 소용없는
상자 속에서
상자는 타인을 받아들이지 않는
완고한
빗장.
하릴없이
밖으로 열리지 않는
안쪽으로 열리는 문의 개조를
생각한다.

재일의 끝에서 1

당신은 타인.
또 한 명의
나.
남이 눈치 채지 못한
나와
숨겨져 있는
당신과.
모르는 체하는
하늘 아래
재촉당해보기도 하고
울적해하기도 하고
누구의 것도 아닌 후회를
홀로 하면서
평소의 얼굴로 오고간다.
서로 모르는 사이인데
서로 알고 있는 사이.

당신은 그림자.
아찔한 햇살 속의
나.
하청下請의 양에 불과한

미래와
배구 코트의
걸림 없는
팔다리와.
함께 투명해지고
흐릿해지고
뒤틀린 창문에서
하늘은 세모로 부풀어 있고
정처 없는 나날을
흔들거리고 있는
한 조각 구름의
희미한 바림.[28]

거리는
기업의 높이로 그늘져가고
이미 사람은
할레이션의 길 말고는
있을 줄 모른다.
샤워는 항상
구석진 도심의 벽에서만
물보라치고 있고
땀투성이로 칙칙해지는 것은
으레

28. (역주) 색이나 농도가 점점 희미해짐. 그라데이션gradation.

코트 밖
나인 것이다.
그래서 빠져나온다.
빛을 받아 반짝이는 빌딩
경질 유리를
빠져나온다.
스윽
쇼윈도에
기대어
오피스의 냉기를 확인하고
미진未盡한 우체통에
은밀한 그림자를 숨겨놓는다.
그것이 가닿지 않는다.
창문 하나로
보고 있는 나와
아무리 들여다봐도
마주보는 당신.
완전히 똑같은 몸짓으로
쳐다보기에
응시는 기껏해야
코를 맞댄
동공瞳孔임을 알게 된다.

　공이 춤을 춥니다.
　천천히 튀어 올라

그대로 떨어지고

쪼그려 앉아있는 내가

나락입니다.

원경遠景의 저편에서

튀고 있는데

보고 있는 것만으로

패배가 오는 것입니다!

어차피 가닿지 못할 세계이기에

나는 여기서

분만하겠습니다.

다다를 곳이 보이는

그런 나의 재일이기에

잠에 빠져도 상관없습니다.

고국에 눈뜬 채

사로잡히기보다는

꿈꾸어본

나라라도 있었다고

넘실거리는 바다 냄새를 상상하며 잠듭니다.

정순이![29]

여기에 있으라.

일본에 갈지언정

둘러싼 바다를 건너선 안 됩니다.

29. (원주) 몬트리올 올림픽 당시 일본 여자 배구선수로, 시라이 다카코白井貴子란 이름으로 양녀가 되기 전의 이름. (역주) 한국명 윤정순인 시라이 다카코는 일본의 배구선수로 1972년 뮌헨 올림픽 은메달, 1976년 몬트리올 올림픽 금메달 획득의 주역이었다.

모여든 응원을 부수어선
외떨어진 당신이
당신에게 무참하고
나와 모여든
나의 나라로부터
이런 내가 분리되어 갑니다!
정순이!
니혼에만
틀어박혀 있으라!

당신은
있는가.
나의 동경憧憬.
밀폐된 방
마루 위에서 거꾸로 굴러
훌륭하게 변신한
나의 재일.
잔업에 그늘진
형광등과
아크등에 튀는
배구공과.
덤프차에 흔들리고
휘파람 불며
실황 방송에
푹 빠지고

거리의 게릴라.

시라이白井의

연인.

작년이라 해도 이르지 못했을

사정射程거리 바깥을

그저 달린다.

히타치무사시는[30]

머나먼 곳.

나는 당신.

당신 속의

분리된 두 사람.

나눌 수 없는 간격을

서로 나누고 있어

이렇게 금을 그어놓고

만날 수 없는 만남에

울타리를 친다.

나에게는 그것이 사상思想이지만

당신에게는 양보할 수 없는

지조志操일 뿐이다.[31]

지조와

사상.

30. (역주) 히타치제작소의 무사시 공장 배구팀으로, 시라이(정순)가 소속되어 있던 배구팀이다.

31. (역주) 일본어에서는 사상과 지조는 발음이 '시소'로 똑같음.

어느 것도 하나를
가리키고 있고
따로 따로
완전히
같은 것을 서로 주장하고 있다.
아무튼 우리에게
대극對極은 없다.
재일 세대인
너와 내가
끝없이 증거를 표명하기 위해
같은 심芯을 서로 깎고 있다.
나는 조선이고
너는 한국.
돼먹지 않은 2세가 나라면
너는 필경
됨됨이 좋은 복제의 니혼이리라.
그런 네가
꾸미지 않는 표본을 나에게서 본다고 한다.
애달픈 이야기다.
어디를 보아도
니혼인데
그녀뿐 아니라
너마저 나의 변색을 기대하고 있다!
원초성을 자랑삼아 내보이며
의당 조센이라도

되라고 하고 있는 것이다!
덕분에 나는
공화국이지.
서승[32] 형제 명운과도 끊어져 있을 만큼
지극히 평안한
나인 거지.
재일을 살고
등을 맞대고
한국이 아니지만
조선도 아닌
알다시피
서로 모르는 사이야.

빛의 뒤안에서 희어져 있는 것은
울적한 이야기의
독백.
서로 모르는 사람끼리
치장으로 일관한
텅 빈

32. (원주) 1945년 4월 3일 생. 1968년 도쿄교육대학 졸업. 69년 서울대 대학원 사회학과에 입학. 재학 중인 1971년 4월 한국 육군 보안사령부에 재일교포학생학원침투간첩단 사건의 피의자로 체포되어, 세 번밖에 열리지 않은 재판에서 무기징역의 판결을 받았다. 이 사건이 특이함은 김대중 씨가 현직 군사정부 대통령 박정희와 경쟁했던 대통령 선거 투표일의 불과 1주일 전, 보안사령부에서부터 북조선과 내통한 간첩단 사건으로 발표되었다는 점에 있다. 서승은 19년 동안 무죄를 계속 주장했고 1990년에 석방되었다. 일본에 귀국한 후 리츠메이칸대학 교수에 취임했다.

허물의 자리.

어느새

감추어버린

늪 밑바닥

거울의 고독이여.

숨은 두 사람

균열된 얼굴이여.

당신은 공격수.

나는 세터.

올리지도 않는데

내리꽂히고

누구랄 것도 없는 한 사람의

재일이 끝나고 만다.

흔들리는

네트 너머

묶은 머리.

재일의 끝에서 2

너무나 끔찍하지요.
이 처사는.
조국이라고
부모가 돌아가지 못한
조상의 땅이라고
아들은 멀리서
서툰 말투로 더듬어 찾아갔지요.
기다리고 있었던 것은
감옥이라니
조국니임
너무 냉혹해요!
죽어도 되는
간첩 같은 거라며
관련이 없는데도 목을 졸라
파란 몸을 매달다니
대통령니임!!
겁나 끔찍해요오!

이곳에선 누구나
뒤얽힌 삶을 살고 있다.
제사 때도 장례 때도

한 집안에서도

북과 남이

얽히는 일은 자주 있다오.

축하할 일이라면

원탁을 둘러싸고

마시는 일도 드물지 않다오.

그러한 가운데 자라서

그래도 바다 저쪽에서

자기 나라 찾아내

고국에서의 공부가 중요하다고

이번 봄

비 오는 날

떠나갔다오.

하나님![33]

고국에서 배운 최초의 말이

자기 죽음의

'죽음'이라니

이 얼마나 끔찍한

고국의 말입니까!

악마의 중얼거림

이것은 주문이올시다!

너무나 어이없는 저주올시다아!

잠잘 때 동화로 들은

33. (역주) 가타카나로 ハナニム라고 표기되어 있다.

나라 이야기가 안 좋았던 거예요, 틀림없이.

본 적 없는 박朴[34] 열매가

물든 가을까지 전해줘버리고

묶어본 적 없는

붉은 댕기조차

이런 내가

고국의 아가씨들에게 모두 달아줘버렸단 말이야!

너무나 긴 시간이 지나

할매의 이야기만 남아버렸다.

그렇게나 멀었던

할배의 고국이

한 달음에 갈 수 있는 시대임을

정작 내가 잊고 있었다.

그래도 고국은 역시 머네요.

그리던 할매의

마을이 역시

나의 고국이야.

기억만이 전해져와

분명치 않은 말투

노래말고는

머나먼 저편이네요.

조선은.

34. (역주) 원래 박을 뜻하는 일본어는 '호오노미'인데, 여기선 가타카나로 '바쿠(박)'이라고 표시되어 있다.

고통스러운 말言이 피를 토하며 오는

예나 지금이나

그런 나라 말고는.

너무도 멀리 떨어져 있고

너무도 끔찍하게 가로막고 있어

니혼에서는 어찌할 도리가 없단 말이오.

철현哲顯아!

오자五子야아![35]

빈곤한 내 꿈을 벌해다오!

고국의 변한 모습을 잘못 알았던

한심한 내가 받을 죄일지니!

대통령니임!!

그 애 탓이 아니야

나를 죽여라아

한국니임 —

35. (원주) 철현, 오자는 재일조선인 유학생 중, 반공법위반 명목으로 무기, 혹은 사형을 선고받은 오사카 출신의 학생들.

재일의 끝에서 3

바로

조금 전

나는 열한 명 째 쪼가리를 풀어놓은 참이다.

녀석이 콜록대는 상태를 보니

고작 2초丁도[36] 못 갈 것이다.

길모퉁이

혹은

안전지대로 올라가

그곳의 누군가를 데리고 간다.

어떤 놈이

부수어지려나.

그 외모부터

어제 빨아먹다 흘린

엿 국물 들러붙은 옷 얼룩까지

녀석의 비정함에 대한 대비는

내 제대로 해두었지.

나 여기 이렇게

13시간 내내 앉아

이 전근대적인 메이드 인 재팬에

36. (역주) 초丁. 거리를 나타나는 일본의 오래된 단위. 1초는 약 220미터 정도.

내 분신 하나하나를 집어넣어왔다.
축축한 골목
기름 얼룩진 소란과 쇳가루 속에서
이유도 없이 내 청춘 야위어갈 때
넘치는 울분은 예각의 자주포
탄환이 되어
끊임없이
거리 한복판에 쑤셔 박힌다.
하루에 몇 십 명
내 손에 걸려든 망령이 거리를 메워간다.
이놈들이 하나의 힘이 되지 않도록
나는 결코 특정한 인간을 겨냥하지 않는다.
그저 부순다.
그것만을 위해서
시대가 배어든 이 현관의 흙방에서
손재봉틀 핸들을 조립하고 있다.
이제 곧 22시.
마지막 본체를 들어올려
큰 기어를 달고
피니언이라는 작은 기어를 끼워 끝낸다.
손잡이를 돌리면
8자 모양으로 기어와 기어가 맞물려
풀리pulley는[37] 자연히

37. (역주) 풀리pulley. 피대belt를 거는 바퀴를 뜻한다. 여기서는 손재봉틀의 피대가 걸리는 바퀴를

핸들의 강제에 죽는 소리를 하는 구조다.
적어도
내 드라이버 하나가
반공국가들의 신의를
영세한 동포기업의 흙탕 속에서 잇고 있다.
활모양의 힘 접점에서만
이 수요는 필요한 것이다.
말레이시아, 타이,
인도네시아, 이란,
그리고 대만, 한국,
잠시도 버티지 못한다.
재빠르게 커버 속에 밀어 넣자마자
물려 들어간 민중이
빠져나올 여지마저 없애버린 채
가장 단단한 서양 상자에 가둬버린다.
득달같이
박히는 못.
타타타타 타타
까맣게 빛나는 기관총에
몸을 젖히며
수동手動의 무리들.
맥심 단신총부터[38] 치면 이미 90년.

뜻한다.

38. (역주) 1884년 하이람 맥심Hiram Maxim이 발명한 최초의 자동발사 총으로 기관총을 비롯한 모든 자동화기의 원조다.

이제는 방아쇠 하나의 통제로
얼마나 멋지게 낙차의 대열을 펼치고 있는 것인지.
그들에게 오토마티즘을 알리면 안 된다.
그것은 총구의 위압을 무시하는 일이다.
무엇보다도
내 빵과 특기가 사라지게 된다.
오오 내 분신이여!
도달할 곳 어디인지 묻지 말고
이 핸들을 잡는 모든 인간을 없애버려라!
그 후진성을 비웃는 인텔리도
같이 죽여라!
그것이 습지지대에서 삶을 연명하는 망자들
단 하나의
판로販路.
보너스도 없다.
출산휴가도 없다.
산재보험도 없다면
총평總評[39]도 없다.
잔업만이
새해가 될
그런 세월의 작렬이다!

이 살육은

39. (역주) 일본노동조합총평의회. 당시 일본에서는 가장 큰 노동조합 전국조직.

20세기 후반의 분별을 갖지 않은 자에게
딱 맞는 자신감과 명예를 보장한다.
예를 들면
이렇다.
깔끔하게 옷을 갈아입은 나는
50분 후에 이곳을 나왔다.
텅 빈 도시락 통
그 성가신 재롱에 신경을 써가면서
모서리를 스쳐갔을
바로 그때!
녀석의 놀라운 변신은
덤프차를 몰고 와서
앗
하는 사이에
나를 승천시켰다.
그리하여
열두 번째 쪼가리가
나의 나를 대신하여
그 조립장 작업대에
들어앉게 된다.
이 핸들이
적어도 그 덤프차를 쏘아 뚫을 다총신 총이[40] 되진 못하느냐고

40. (역주) '삭소니아'라고 후리카나가 달려 있음: 삭소니아는 '삭소니아 세미펌프'라고 하는 독일식 산탄총.

수평으로
손잡이를 들이대고,
톱니가 맞물려 돌아갈 뿐인 시간을
녀석은 끝도 없이 밤낮으로 쏘아대고 있어야 한다.
이때
나날은
으스스 춥도록
동체 사이에서 빠져나간다.

재일의 끝에서 4

그 때,
나는 생산 중이었습니다.
오전 10시 반.
그렇게 나는
늦잠을 잔 것입니다.

당신이
생명의 종점에서
몸부림치실 무렵.
그렇습니다.
그 무렵.
우리는 서로 안고 있었습니다.
잠옷이 필요 없을 만큼
땀을 흘렸습니다.
오전 10시 반.
아내와 나는
길거리에 있었지요.
오전 10시 반.
마른 나무 당신이 맥없이 쓰러지시고
미이라인 어머니가 엎어지셨습니다.

그리고 당신이 돌아가셨습니다.
그리고 어머니의 외침이 있었습니다.
우셨습니다.
소리치셨습니다.
목청껏
나를 부르신 겁니다.

상쾌한
오전의
일요일.
나는 그런 일
꿈에도 모른다.
거리는 아주 떠들썩하니까
하늘은 맑게 개어 있건만 들리지 않는다.
초봄의 화려한
연둣빛 속에서
어머니는 수의壽衣를 입히셨습니다.
초봄의 찬란한 빛 속에서
아내는 나에게
말했지요.
아기 침대를 갖고 싶다고.

어떻게 해도 머나먼 바다 저쪽에서
나의 손이
도저히 미치지 못할 한국에서

어머니께서 홀로
묻으신
아버지와
여생과
이후에도 있을 듯한
육십 생애.
확실히 나에게 맡겨져 있던
그 생애.
해지는 날의
회전목마여
이제 곧 나도
아버지가 된다.
이제 곧 아내도
어머니가 된다.
정처 없는 나날
정처 없는
일본에서
아이가 아이가 된다.
부모가
사라진다.

재일의 끝에서 5

행렬이 지나간다.
산기슭
바위 사이를
돌아서
콜레라
저주에 사로잡힌
일족이
편히 눈감지 못한 넋의
무게를 견디며
소리도 내지 못한 채
지나간다.
수분이란 수분은 죄다
토해내고
엿같이 늘어진
피부는 주름져
고인은
많은 고인을
데리고 갔다.
몇 십 년이나 되는
압제와
빈곤에 시달린

동족에게
가장假裝된 해방이
역병과 함께
찾아온 것이다.
이미
골육상쟁骨肉相爭
불길은 치솟았다.
길은 차단되고
저주는
남해의 열기를 가로질러온 12문 반짜리
군화에 달라붙어
이 땅을 점령했다.
그 이래
고향은
문명을 갖지 않는다.
사자死者를 먹은
들개가
미쳐
핏발선
눈에
동네가
일그러지기 시작할 무렵
삶의 토양은
완전히
점령군 발아래

항복했다.
병자에게
못을 박고
집을
보란 듯 불태웠던
여름이 지나간다.
죽음이
평온은 아니더라도
하나의
해방이기는 해야 한다.
찌는
여름을
경직시켜
까맣게
말라붙은
가매장된
사자死者를
파헤친다.
바라지 않은 죽음을
강요받은
사자에게
편히 눈감을 날은
영원히
오지 않으리라.
고형물의 무리

상복에 싸여
끝없이
안저眼底를
스쳐 지나간다.
살면서
미이라가 된
어머니
그 행렬의
끝자락에
달라붙어 있다.
썩어야 할 날도
육체도 갖지 않은
팔십 생애에
철의
무한궤도와
지프의 질주가
추어올리는
흙먼지
모락모락
자욱이 피어오른다.
이토록 겹겹이 탄화된
죽은 자 웅크린 지층에서
흘러넘치는 초록을
바랄 수 있으랴.
염천炎天의 계절

아직 묻지 못한

어머니가

두 겹의 상像으로

포개어져온다.

살아야만 하는

토양과

편히 눈감은 지층의

두께 사이에서

나는 아직 죽지 않겠다고

마른 가슴의

죽음을 풀어헤치고

육박해온다.

젖은 연기가 나다[41]

알면서
나쁜 짓이야.
이 따위 일이라면
언제든 얻을 수 있는
멋대로인 세상이
짜증나는 거야.
있는 힘껏 움직이고
뒤가 켕기다니
수지가 맞지 않는
땀 흘리기야.
그래도
돈벌이라면
진정 몸을 걸고 하는 것이지.
돈만 내면 어려울 게 없는
잘나가는 분보다
내버리면 깔끔해지는
시민님들보다
고생을 무릅쓰고 받아들이는

41. (역주) 원문은 いぶる. 젖은 나무를 태울 때 흔히 그러하듯, '불이 잘 타지 않고 연기만 많이 남'을 뜻하는데, 적절하게 대응되는 단어를 찾지 못해 '젖은 연기가 나다'로 번역했다.

나의 이
의지가 훨씬 더 제대로 된 것이야.

그래도 나쁜 건
나쁜 거니까
바람을 맞으며
도망치고 있다.
덕분에 나는
항상 부재중이다.
더듬어 찾기까지의 시간이
집에 있을 뿐
무엇이든
그래, 아내마저
그렇게 거기에
훨씬 이전부터
시들어가는 것 속에 있게 된 사정이다.
나이는 먹지만
먹은 만큼의 나날이
그녀에게도 있을 리 없다.
서로에게 없는 시간 속에서
아내가 부엌일로
가스 꼭지 돌리고
나는 나의 흔적을
바람 속에 숨겨버리기에
천변을 휘감는 바람은

산중턱에서 불타고 있다.
그저 눈에 파고드는
기억만은 아니다.
잃어버린 시간 속에서라면
아내가 지피던
풍로 젖은 연기이기도 하다.
그것이 목을 쑤셔
짓무른 기침을
눈이 토하고 있는 것이다.
전 세계가 나로부터
부재중이 아니라면
완전히 외면당하는 곳
터지는 것들에게서
나의 생계를 찾지 못한다면
나는 오로지
쫓길 뿐
두 마리 토끼 쫓다 모두 놓치는 꼴이지.
실익이라곤 아무것도 없는
불탄 벌판의
고양이야.

멍하니
마을 사람들이 쳐다보는
깜빡대는 굶주림.
불꽃이 피었다고

양손을 합쳐
마음뿐인 벼를
밤하늘에 뿌리는
멀리 보내는 불.
방화燒畑는[42] 오싹할 정도로
아름답단 말이야.
맵싸한 잿물灰汁
눈에서 흘리며
몸을 뒹굴며 돌아!
새벽의 정적.
오지 않는 사이의
멍한 하늘 따위,
인연 없는 빛이다
전부 감싸라!
뻔뻔하게 살아도
오지 않을 아침을
부채질로
젖은 연기만 나는
타지 못하는
마음이여.
도망가야지.
자욱한 냄새
기어서 빠져나가

42. (역주) 燒畑은 화전火田 농법. '방화'라고 발음하도록 가타카나로 표시되어 있다.

부랴부랴
돈 안 되는 생업
뒤섞여 가누나.
눈을 꿈뻑거리며.
이 정도가
그의 부수입.
나의 거리距離.
고도성장의 정글을
도망치면서 생계를 잇는
불법처리의 화전火田살이.

무심코 내미는
찬술을 삼키며
나는 보았다.
마흔 전후
억센 녀석.
그을음이 먹물처럼 달라붙은
거친 주먹의
이카이노
화전민.[43]

43. (원주) 화전 농업을 생업으로 삼는 극빈농을 가리킨다. 오랜 기간 동안 계속된 압제에 의해 생겨난 것인데, 궁핍한 소작농들이 화전에 알맞은 땅을 국유림에서 찾아내 불을 놓고 땅을 갈아 재를 비료로 삼아 조, 피, 메밀 등을 기른다. 그러나 곧 지력이 다하기 때문에 계속해서 임야를 태우지 않으면 안 된다. 참고로 일제치하 1939년에 화전경작자는 33만 호, 약 187만 명에 이르고, 화전 면적도 57만 정보에 이른다.

어디에서 봐야
녀석의 화염은
색깔을 낼까.
뒤쪽을 달려
산에
연기.
어디선가 누군가가 살았던 흔적
한 줄기로
뻗어나고.
화장터의
굴뚝.
나는 화장터지기[44]
산업폐기물의.
말하지 말라
좋지 않는 삶이야.

44. (원주) 화장할 때 시신을 태우는 것을 직업으로 삼았던 사람.

여름이 온다

이대로 다시 여름이 오고
여름은 다시 마른 기억으로 하얗게 빛나고
터져 나온 거리를 곶岬의 끄트머리로 빠져나갈 것인가.
염천에 쉬어버린 목소리의 소재 따위
거기서는 그저 찌는 광장의 이명耳鳴이며
십자로 울리는 배기음排氣音이 되기도 하고
선글라스가 바라보는
할레이션의 오후
지나가는 광경에 불과한 것인가.
허공에 아우성 끊어지고
북적거리던 열기도
아지랑이에 불과한 여름
벙어리매미가 있고,
개미가 꼬여드는
벙어리매미가 있고,
되쏘는 햇살의
아픔 속에서
한 줄기 선향線香이
가늘게 타는
소망일뿐인
여름이 온다.

여름과 함께
지나간 해의
끝내 보지 못한 낮 꿈이여.
뭉개진 얼굴의
사랑이여,
외침이여,
노래에 흔들린
새하얀
뭉게구름의
자유여.
여름이 온다.
별 일 없이.
완전히 잃어버린
여름이 온다.
아직 있을 것인가.
늙은이의
젊은 날.
젊은이의
늙어갈 날.
무엇이 건네지고
무엇이 남으며
그가 가는 것인가.
그가 죽는 것인가.
미움만이 이렇게 많고
이齒를 갈며

뼈 항아리에 수습되어.

원한은 없는가.

맨드라미의 갈증도

모르는 채 끝난

아무것도 없는 사랑의

여름이었다고.

염열에 일그러져

사내가 온다.

시간을 거슬러

한 걸음

한 걸음

소개疏開도로[45] 저쪽에서

풀숲의 열기를 헤치며 다가온다.

여기에는 아마

삼십 년 후일 것이다.

여름은 이렇게

냉방 바깥에서

찌고 있을 것이다.

그때도 아직

여름은 여름일 것인가.

아직도 누군가

알고 있는 그를 알게 될 일 있을까.

45. (역주) '소개도로'는 실제 이카이노에 있는 도로 이름.

그림자에 그늘지다

그늘지는 여름을 모르리라.
빛으로 바림질된
희뿌연 여름을.
눈부시게 빛나고
아른거리기도 했던
햇살 속
그늘의 방사를.
누렇게 바랜 여름
기억의
하얌을.

눈을 감아 보게나.
떠오르는 무엇이 있는가.
하늘인가.
바다인가.
우뚝 솟은 도시
소리 없는 광채인가.
아니면 멀리 보이는
아득한 마을
아련한 숲인가.
물드는 도리이鳥居인가.[46]

구름은 어디에 솟아올라 있으며
매미는 어디
인공호수
표피를 구기며
울어대고 있는가.

어느 때든
그것일 뿐이다.
그것이 자네가
눈으로 보는 세월.
겹겹이 여름을 거듭하고
기억은 언제나
잔상만을 자연으로 만든다.
역광의 끄트머리 반짝이는 것까지
자네에게 익숙지 않은
자연은 없다.
그런데 거기는
이미 태고의 영역.
보풀 이는 반짝임 속에서라면
그저 자네는
표백되는
그늘翳이다.
거기서 엷어지고

46. (역주) 도리이. 신사 입구에 세워놓은 기둥문.

사라지는 것이다.
머지않아 시간표나
뒤적이고 있으리라.
이도 저도 아닌 시간은
손쉬운 여행에도 있는 법.
우선은 맑은 아침
8시 15분.[47]
허벅지 드러낸
배낭.
아주 투명해져버린
여름이다.

그 여름이 그늘진다.
내 반신半身에서 그늘진다.
마침 엿본 아침이
정오였기에
밤과 낮이
드디어 대낮 속에
고정되고 만 것이다.
터져 나오는 시간을 다 빠져나가지 못한 채
어디를 어떻게 향하고 있어도
내 삶은 내 그림자에서만
숨 쉬게 되어 있다.

47. (역주) 히로시마에 원자폭탄이 떨어진 시간. 1945년 8월 6일 오전 8시 15분.

그러니까 나는
남중南中[48]의 사내.
내가 있으면서
한낮이고
내가 한낮의 증명인
어둠陰인 것이다.
나는 어둠 속에서
시간을 알고
밤으로 녹아들어
시간을 상실한다.
말하자면 삼십이 년은[49]
상실한 시간의 그림자다.
염열에 일그러져 사라진 환호歡呼도
잠깐의 해방으로 들뜬 백일몽도
남중의 어둠陰에 스며든 그림자影였던 것이다.
때문에 낮의 그늘翳을 알아챌 수 있다.
바야흐로 한창인 염천 속에서
원경 저쪽에서 다가오는 것이
내 그늘진 여름임을 알 수 있다.
실로 나는
오전 내내 어둠闇 속에 있던 사내다.
아무런 전조도 없이

48. (역주) 천문학에서 천체가 일주운동에 의해 자오선을 통과하는 일.
49. (역주) 1945년으로부터 32년 지난 후를 뜻하는 듯하다.

회천回天은 태양 사이에서 내려온 것이었다.
돌연 맞은 열풍에
그만 눈이 아찔해지고 만 밤의 사내다.
내 망막에는 그때 이후 새가 깃들었다.
매일 초록의 날개를 펴고
깊숙이 빛나는 여름을 그늘지게 한다.

그림자가 떨어진다.
희뿌연 여름을 휘젓고
그늘지는 여름을 빛나며 떨어진다.
위도를 찢은 흙먼지가
머리털에 휘감긴
풀잎이
운모도 반짝
허공에 떨어진다.
그림자마저 태워버린
섬광이 속임수다.
피해자만 있는 희생이 있고
나를 눈멀게 한
나라는 없다.
있는 것은 그림자 속
내 그늘이다.
평온하게 빛나는 일본의 여름을
투명해지고 엷어진 기억의 뒤안을
부대낀 끝에 바다의 여울에서

아이는 또다시 물에 빠졌단다.
이 아이의 부모에게
여름은 전부.
기억만이 계절이 되고
공양뿐인 여름이 돌고 돈다.
어디까지나 불운이었던 불행의 조문弔問.
백중百中맞이 여름의
피안화彼岸花.
자네에게도 바다는
역시 푸른가.
멀리서 산은
아득한 동네는
빛나고 있는가.
맑았던가.

그래도 그날이 모든 날

장난을 칠 때도
파파라고 부르면 눈을 부라렸다.
나만은 그때부터 **아빠**였다.[50]
엄마라고 하지 않으면
아무리 졸라대도
모르는 체하는 어머니 때부터
나는 계속 듣고 있었다.
머지않아 돌아가는 날이 올 거야.
나라가 하나가 될 날이야.
그래서 나는 갔던 거라구.
조선학교에 말이야.
뭔가 변변히 배우지도 못한 새
학교인지 뭔지는 문을 닫아버렸지.
그래도 부모는 언제나 입버릇처럼
머지않아 그날이 올 거야.
우리학교民族學校에서[51] 노래할 수 있는 날이 말이야.

아-아, 그랬었지!

50. (역주) 이 시에서 고딕으로 표시한 말은 한국어 발음대로 가타카나로 표기된 것이다.
51. (역주) 원문에는 민족학교民族學校라고 씌어 있고 '우리학교'라고 읽도록 표기되어 있다.

어느 쪽에도 붙지 못한 이런 나에게
반쪽짜리 나라가 왔다구.
하나가 되는 날을 기다려야 했고
느닷없이 부모가 되었다구.
덕분에 나는 아빠인 채야.
아내까지 엄마를 받아들이고 있어.

하나도 없는데
두 개나 있고,
조선이라 부르면
핀잔을 듣고
한국도 나라인데
반공이라서 조선이 아니라고
그래도 애들에겐 하나를 말하지.
머지않아 그날이 올 거야.
하나의 나라에 돌아갈 수 있는 날 말이야.
나도 모르는 그 나라를
내가 나누어주고 내가 듣는다.
아빠의 푸념, 오래된 일.
어느새 배어들어
알 수도 없는데 잊혀지지 않는다구.
머지않아 올 날이 있다구,
왔으니 돌아갈 날 말이야.

아-아, 그러게!

눌러 살기엔 너무 힘들다.
친해졌나 싶으면 밀려나온다.
이국살이가 여행이라면
누구에게도 여행의 끝은 있지.
머지않아 그날이 올 것이다.
애태우며 사라진 그날이 온다.

일하는 데도
조선은 항상 걸림돌이었다.
그것을 알면서
아빠는 나를 조선으로 만들었다.
덕분에 나는
이 나이가 되도록 하루살이야.
나를 달래며 엄마는 늙었지.
이제 싹이 튼다, 바람도 분다.
그런 날이 있을 때가 있다.
있을 리 없다고는 나도 하지 않는다.
본명을 견디며 아이들도 자라고 있다.
눈에 띄겠지만 그게 징표야.
숨기고 닮아가며 넘어가서야
찾아올 날이 면목이 없지.
머지않아 올 거야, 보람 있는 날이.
일본을 산 우리의 날이 밭이야.

아- 아, 오고말 거야!

침목枕木에 아른대는
풀밭처럼 오고말 거야.
구시로釧路[52]의 끝
치쿠호筑豊[53] 바닥에
매몰된 나날에 내버려진
맨몸의 신음을 돌려줄 거야.

굳이 말할 것도 없는 걸
듣고 거칠어지고 낙담한다.
물어봤자 마찬가지라며
없지는 않지만
입 밖에 내지 않는다.
우리끼리 함께 섞여들어
돌아갈 수 있는 나라로 만들면 되지.
머지않아 올 날은 오고말 거야.
신세졌다고 웃을 수 있는 날 말이야.
그날을 산다.
일본을 산다.
우리가 조선을
만들며 산다.

52. (원주) 홋카이도 남동부의 시청소재지. 국철이 홋카이도까지 연장되었을 때, 선로공사의 인부로 많은 조선인 노무자가 복무했다. 침목 하나에 조선인 목숨 하나라고 할 정도로 가혹한 노동이었다.

53. (원주) 후쿠오카현 동북부에 있던 일본 최대의 탄광인 치쿠호 탄광을 가리킨다. 전시 중 강제징용으로 조선인 노무자가 가장 많이 징발되었던 지역이다.

뿌리가 비어져나온 삶에도
서둘러야 할 날이 온다, 머지않아 온다.
손톱에 지핀 등불의 날이 온다.

아-아, 틀림없이 그럴 거야.
일본에서 병들고 야위어가는 것은
그날을 위한 푸른 날이지!
보이지 않는 그날에 그늘진
하나의 말이
하나의 날.
나날이 둔감해져 희미해지고 있지!

일본살이[54]

일 년 만에 주정을 부린다.

첫 제사[55]인데도

들으라는 듯 목소리 높여

무슨 피붙이냐며

돌아오지 않는 아들 근심을 털어버리고 있다.

한 대 남은 사출성형기가

찌이- 브슛- 계속 소리를 내고

제수를 나누어주며 고개 숙인 사람은

등이 구부정한 어머니.

누가 들어도 시원치 않은 이야기여.

부도不渡로 사라진

사촌형도 같은 플라스틱공工이다.

어음으로[56] 얽힌 사이에서

사촌끼리 서로 갉아먹고

하나의 단골을 나누었던 것이다.

서로 돕지 않은 것은 아닌데

54. (역주) 가타카나로 '이루본 사리イルボン サリ'라고 표기되어 있다.

55. (원주) 사후 2년째의 기제사忌祭祀, 대상大祥이 끝난 다음해의 제사. (역주) 한국어사전에선 소상小祥이 죽은 지 1년째 되는 날의 제사, 대상은 2년째 되는 날의 제사라고 되어 있음.

56. (역주) 유우테融手. 융통어음이라고 하는데, 공수표와 유사하다. 신뢰도가 매우 낮은 어음을 뜻한다.

도와도 도움이 되지 않는

그런 도움이 우리의 버팀목.

근근이 둘러댄 돈은

두 번 비를 막는 것[57]으로 바닥나 버렸다.

그것을 아는지 모르는지

일본살이가 한스럽다고

멍해진 상床을 두드리며 울고

육신조차 희미해지려는가

얇은 어깨를 흔들며 다가간다.

이 사람이 숙부.

일가가 모여도 마음 둘 곳 없는

명절날

아버지의 동생.

점점 더 굳게 늙음을 새기며

일본을 살아도 원단 그대로.

일본살이 하고 있는

나는 2세

이카이노 그대로.

57. (역주) 겨우겨우 부도가 나는 것을 면했다는 의미.

밤

제사 받는 밤을 모르리라.
앳된 상주
졸음 같은.
삶의 밑바닥
손바닥 같은.

잠들지 못하는 밤의
이카이노를 모르리라.
향나무가 피워 올리는 저주 같은.
단란團欒에 흔들리는
등불 같은.

고향을 떠나온 기도를 모르리라.
모이는 것만이 버팀목 같은.
사자死者 없는
추억 같은.

그래도 불태워진 유랑을 모르리라.
뼈가 원망하는 화장터 같은
이카이노 막다른 생애를 모르리라.

제사 받는 밤을 너는 모르리라.

밤늦게 달아오르는 이카이노의

바다로 돌려보내는 기도를 모르리라.

아이가 엮은

나뭇잎 배 같은.

풍습으로 칙칙해진

주문呪文과 같은.

가로막는 풍경

개천은
삶을 잇고
삶은
개천을 가로막는다.[58]
개천을 사이에 두고[59]
마을이 있고
마을과 떨어져
시가지가 펼쳐진다.
거리는 흐르는 개천을 모르고
개천은 넓은 바다를 모른다.
고인 끝이
퇴적이며
퇴적 끝이
탁함이다.

58. (역주) 제목에 있는 '가로막다'를 포함해, 이 연에서 연이어 나오는 '가로막고', '사이에 두고', '떨어져'는 모두 'へだてる(隔てる)'라는 동일한 단어의 번역이다. 같은 단어라서 최대한 같은 단어로 번역하고자 했지만, 여기선 문맥이나 의미상 불가능하다고 보여, 문맥에 따라 다르게 번역했다.
59. (역주) 이 문구는 '개천과 떨어져'로 번역할 수도 있겠지만, 이카이노라고 불리던 곳이 개천을 사이에 두고 모모다니桃谷와 나카가와中川로 마을이 나뉘어져 있음을 고려할 때, 개천을 사이에 끼고 마을이 있다는 말이 더 적절해 보인다. 여기서 이 시는 가로막음이 역으로 그 경계를 사이에 두고 공존하며 이어지는 역설적 관계를 へだてる란 말로 동시에 표현하고 있는 것이다.

거품을 건너
다리橋가 놓이고
건너편을 바라보며
시가지가 끊어진다.
이상한 냄새를
퍼뜨리며
작은 화재 같은
혼잡混雜이 타올라
마을은
이미
조망하는 시야에서
미로다.
다리가 생기면서
건너편이 아니고
개천은 윤곽을 그리되
흘러가지 않는다.
스쳐가는 나날의 원경遠景에
호기심으로 힐끗거리며
엿보는
까만 칸막이
건너편이 있다.
밀어 올리는 공간 속
눈 깜빡임이고
바라볼 수 없는 거리距離 속의
실재實在다.

게도 기어 다니지 않고

풍문風紋도[60] 꿈쩍하지 않고

늙은이만이 배를 보았다고 말하며

새鳥 그림자의 기억은

늙은이에게조차 없다.

하수를 모아

운하고

퇴로가 끊어져도

여전히 개천이다.

움직일 수 없는 운하를

고양이가 떠오르고

경계를 이루어

개천이 시든다.

일본과 조선의 경계선이고

조선과 조선의 잡거이며

이향異鄕에서 젖은 연기를 내는

가향家鄕이고

세월이며

미각味覺이다.

널어놓은

건어물 사랑에 달라붙었다

어금니에서 쉬어버리는

일몰이 있고

60. (역주) 바람 때문에 모래에 새겨지는 물결모양의 무늬.

번지는 굵주림이 있으며
주름투성이 눈이 보는
뒤틀린 얼굴
하얀 후회가 있다.
백제의 고장에
갈대는[61] 없고
바다와 만나던
하구河口도 끊어졌다.
파고들어간 수로를
마을이 싸안고
북적거리던 진흙의
지카타비도[62]
견고한 개천 바닥
콘크리트 밑이다.
흐르지 않는 운하에 마을은 끊어져
개천을 구求하던 사람들
행방은 묘연해
운하만이
땅을 가른 후예들의
곁에서
침묵한다.

61. (역주) 오사카의 상징으로 보인다. 오사카 남부의 갈대 지대를 오노 도사부로는 거듭 노래했다.
62. (역주) 밑에 고무창을 댄 버선 재질의 노동자 작업화. 엄지발가락이 분리되어 있고, 발끝에 힘이 들어가기 좋게 되어 있다.

아침까지의 얼굴

그녀의 강함, 그 정체는 어지간히 수수께끼다. 그것은 몸 상태와는 동떨어진 각별한 생활력이기에.

왜냐하면 그녀는 최근 열흘 남짓 갑자기 기침이 계속되어, 식도 쪽으로 세 치 정도 밀려 내려간 느낌의 인후咽喉를, 기를 쓰고 다시 끌어올리려 하기 때문이다.

체온계를 흔들어대는 습관이 없어서 넘어가는 거지, 열을 무릅쓴 일과임은 틀림없다.

이렇게 말하면 한층 더 완강함을 입증하는 게 되겠지만, 실은 그녀, 일찍부터 그 체력인지 뭔지 하는 것을 믿지 않고 있다.

계절에 빠르게 반응하게 된 몸의 마디마디를 힘겨워한 지 벌써 그럭저럭 4, 5년이나 되었을까. 그러면서도 그동안 미미키리耳切り[63] 양이 조금이라도 준 날은 좀처럼 없었다.

우선 잠깨자마자 물을 갈아야 한다. 추울 때는 추운 대로, 물의 미지근한 정도가 발육을 좌우한다. 상대는 깨자마자 수돗물을 쫙쫙 뿌리는 식으로 자랄 만큼 둔감한 생물이 아니다.

짚을 태운 재가 골고루, 몇 겹의 묘상苗床을 적시도록, 울퉁불퉁한 손으로 살살 물을 휘저어 봄비처럼 만든다. 짓물러지면 끝, 노력이 통째로 허사가 되는 여름보다는, 그래도 아직은 서두르지 않아도 되기에 그나마 나은 편이다.

63. (역주) 갓 구워낸 신발 고무창의 가장자리를 자르는 것.

시기에 따라 기온에 따라, 억수로 퍼붓든 추적추적 내리든, 사계절은 마디마디 불거진 손 안에서 멋대로 사육되는 고양이다.

어슴푸레한 봉당을 지배하며, 대두를 한 말짜리 통에 잉태시키고 있는 이 때, 잎을 뒤적이며 건너오는 것이 향기로운 콩밭의 푸른 냄새임을 그녀는 모른다. 후미진 뱃전을 흔들고, 마당의 우뭇가사리를 쓰다듬으며 온 저 바람인 것을.

희어지는 것만으로도 술렁대는 덤불 속 새들처럼, 그녀에게는 단지, 그냥 보내버려선 안 될 아침을 아침에 앞서 빚고 있는 자신이 있을 뿐이다.

두터운 그녀의 가슴 속에서, 바람에 실려온 아침이 깨어난다. 해가 들지 않는 나가야의 아침이.

막내딸 연이가 일어나는 것은 그 다음이다. 물에 손대지 않게 하려는 어머니의 배려가 편한 건 아니지만, 손이 닳아빠진 목장갑처럼 되는 삶에서 멀어져야 한다는 어머니의 생각은 그대로 받아들이고 있다.

진학을 앞두고 조금 야윈 듯한 그녀는 기초공학을 동경하고 있지만, 조대朝大에[64] 그 과가 없는 것이 고민의 씨앗이다. 게다가 부모, 특히 어머니에게 설명이 안 통한다는 것도 우울한 이유 중 하나다.

이내 토건업 따위! 라고 내쳐버린 것이다. 둘째 오빠가 덤프트럭을 몰아, 집에 자주 오지 않는 것도 언짢아하는 배경이다.

연이는 아무렇지도 않은 듯 소쿠리를 묶어, 대야를 정리하고, 타고난 동작인 양, 냄새를 풍기는 냄비를 킁킁대며 들여다본다.

조기와 무 조림이다. 어머니는 벌써 많은 양의 신발창을[65] 만들고 있으며,

64. (원주) 도쿄에 있는 '조선대학교'를 말한다.
65. (원주) 프레스로 찍어낸 샌들용 합성고무 바닥.

잘려진 '귀퉁이耳' 조각들이 어머니 말마따나 밀려든 해초처럼 쌓여 있다.

연이는 자신이 태어난 장소를 절절히 안다. 초등학교 무렵까지 할머니가 거기서 그렇게 하고 있었고, 시장통 좌판을 지키는 사이에도 틈틈이 마주 앉아 어머니의 '미미키리'를 돕고 있었다.

지금도 그 구부러진 가위는 남아있고, 종종 돕는 연이의 도구가 되었다.

정말로 고향은 따로 있는 걸까? 2세에게는 고향이 없다고들 하지만, 이야기가 스며든 장소가 고향이 되는 일도 있지 않을까?

연이에게는 이제 하나의 고향이 생겨났고, 돌담집도, 밭도, 물을 긷는 후미진 곳의 샘까지도, 어머니가 살아온 기억 그대로 연이의 것이 되었다.

언젠가 그 거친 바다에 방파제를 쌓는 것이 꿈이다.

밤을 끌고 다니며 살아야했던 그녀에게, 젊음은 그저 눈부신 빛일 뿐. 잘록한 허리를 볼 때마다, 짓누르는 무게가 젊음에 거치적대면 안 되지 생각한다.

그녀는 자신의 강함을 생각하기 전에, 왜 이런 몸이 되었나 생각한다. 행상일 때 그랬듯, 짓누르는 무언가가 다부진 몸을 만들었음에 틀림없다고.

시간의 흐름에는 거리 전체가 문득 하얗게 바래는 때가 있는 법. 골반이 움푹 팰 정도인 다섯 말 쌀이 뼈를 삐걱거리며 계단을 끝까지 내려갈 수 있는 것도 이때를 놓치면 달리 없다.

바로 그때를 견디었다. 견디었을 뿐 아니라, 양식을 찾아 희미한 어둠을 살았다. 온가족이 그리 살았다.

골목에서 뒤섞이며 세 명이 자라, 그중 하나는 감기가 덧나 연기가 되었다. 그녀는 지금도 가책에서 벗어나지 못했다.

운반용 자전거를 부여잡고 남편은 늘 생각했다. 어떻게 하면 자전거가 다섯 말이나 되는 쌀을 싣고, 저절로 가는 이기利器가 될 수 있는지.

호된 경험 끝에 결국 남편이 습득한 것은 지극히 평범한 편법이었다. 두 번에 나누어 하는 게 효율이 좋음을 몸으로 알게 되었기 때문이다.

어쨌든 경찰에게 잡히는 횟수가 8할이나 줄었을 뿐더러, 하지 않아도 될 부부싸움을, 필요 한도 안에 묶어둘 수 있었기에.

그녀의 신뢰가 흔들리지 않는 것도 이런 슬기 덕분이다.

이국은 세월을 필요 이상으로 짧게 만드는 듯하다. 익숙해질 일 없는 나날을 흩뿌리며, 40년의 시간이 흘러도 여전히 이향異鄕은 이국의 색조 속에서 빛이 바랜다.

밀려온 작은 배의 드러난 나뭇결처럼, 골목 끝에 막다른 것은 바다를 건너온, 갈 곳 모르는 청춘이다.

알고 있는 것은 세월밖에 없는, 늙은 눈빛에 그늘져 있는 아득한 바람이다.

확실히 익숙한 무언가가 있다.

그것은 손에 익은 수순에서 놓친 무언가가 되불려나온 것인지도 모른다.

밤을 이어가지 않고선 하루가 되지 않는 그녀에게, 하루는 미완의 신발창이 산더미처럼 쌓이는 시간이며, 없는 시간에 쫓기는 와중의, 터무니없이 긴 하루가 밤인 것이다.

냄새에 약한 근질거리는 목구멍을 알면서도, 자신이 왠지 낯익은 것에 끌리고 있음을 그녀는 요즘 계속 느끼고 있다.

갓 구워낸 합성고무 냄새는 어딘가 감태 찌는 냄새와 비슷하다. '잘라낸 쪼가리'를 그대로 봉당에 늘어놓으면, 곧바로 싹을 틔울 것 같은 새까만 퇴비다.

바다가 거친 날 이른 아침엔 해초를 모으는 데 분주했던 그녀가 통에 갇히지 않고선 싹틔울 수 없는 삶을 살고 있다. 한 조각의 땅에 굶주려,

물을 뿌리며, 희미하게 떨리는 모근毛根을 묶고 시장통의 조각상이 되는 것이다.

암반 위의 삶이 강한 것은 무엇 때문인지, 그녀에게 별다른 이유가 있는 건 아니다. 단지 뿌리박기 힘든 이향의 단단함 위에도, 털썩 눌러앉을 곳이 있음을 알고 있을 뿐.

벌거벗은 뿌리를 거꾸로 치켜들고, 수선대는 바람이 건너는 희미한 어둠을 쳐다보는 것이, 설마 그녀를 싸안은 고향의 떨림일 줄 아직 누구도 알 턱이 없으리라.

후기

이 시집은 데라다 히로시寺田博 씨의 도움으로 세상에 나오게 되었습니다. 시장성이 없는 시집을 기꺼이 내주신 도쿄신문의 와타나베 데쓰히코渡辺哲彦 씨의 후의와 더불어, 우선 제가 표해야 할 감사이기에 여기에 적어두고자 합니다.

『이카이노시집』은 계간지 『삼천리三千里』에서 10회에 걸쳐 연재한 것이 대부분인데, 당초에는 장편시로 시도된 것이었습니다. 그것이, 아무래도 석 달에 한 번의 연재였기 때문에 그때마다 끊어지게 되어, 실질적인 연작시로 바뀌게 된 것입니다. 그렇지만 이것은 이것대로 나의 의도가 구현된 것이기에 참작해주실 필요는 전혀 없습니다. 이러한 형태대로 평가를 받아야 제 작품입니다.

최근에 들어서야 겨우 '재일'도 일본어의 영역에서 스스로의 면모를 나타내기 시작하고 있습니다. 3세, 4세로 대를 이은 이국살이가, 그래도 조선인으로서의 원초성을 풍화시키지 않고 계속 지니고 있는 것은, 기칠기만 한 '조선' 그 자체인 재일조선인의 원형상이 여기저기에 취락을 형성하여 존재하기 때문입니다. 본국에서조차 없어져버린 구시대적 생활습관까지도 여기에서는 여전히 소중한 민족유산처럼 계승되어 있기도 합니다. 이 완고함을 비웃으면 안 됩니다. 나처럼 눈치 빠른 사람만이 '일본'을 살고 있다면, '재일조선인'은 벌써 사라지고 말았을 겁니다. 그것을 없애지 않은 토착의 향토성 같은 것이 재일조선인의 취락공동체이며, 그 취락의 본원에 이카이노는 존재합니다. '이카이노'는 열려 있지 않은 일본인에게는 그만큼 멀리 두고 싶은 기이한 '마을'이기도 합니다. '이카이노'라는 재일조선인의 대명사와 같은 동네 이름이 주변 주민들의 민주적인 총의에 따라 바뀌게 된 것은 바로 그러한 기이한 '마을'성 때문이었습니다. '이카이노'라고 듣는 것만으로도 땅값과 집값이 상승 일변도인 요즘 같은 시절에도 턱없이 깎인다는 말입니다. 나아가 혼담에까지 지장을 준다며, 인접한 '나카가와초, 모모다니○초메'에 흡수되어버렸습니다. 오늘날 재일조선인 문제가 어떠한 의미를 가지고 있는지를 막론하고, 70년 동안이나 '통치자'의 나라 일본에서 형성되어 온 재일조선인의 생활사는 그 자체로 일본과 조선의 사이에서 응고된 나날들이 중첩된 것에 다름 아닙니다. 시야말로 인간을 그리는 것이라 믿고 있는 저에게, 이것은 일본어에 관계되는 한, 소홀히 할 수 없는 나의 주제가 됩니다.

이 시집 자체가 그러했던 것처럼, 전혀 생각지도 못했는데, 야스오카 쇼타로安岡章太郎 씨의 발문까지 받게 되었습니다.[66] 다시금 행운에 감사하는 바입니다.

1978년 10월 8일

김시종

66. (역주) 야스오카의 발문은 번역하지 않았다.

나와 이카이노와 재일

— 문고판 후기를 대신하여

행운이라고밖에는 표현할 길이 없다. 아니면 생전의 어머니가 밤낮으로 두 손 모아 드렸던 기도가 가져다준 자애 덕분일지도 모른다. 아무튼 35년이나 지난 내 오래된 시집 『이카이노시집』이 이와나미서점의 현대문고로 되살아나게 되었다. 요행이란 이런 걸 두고 하는 말일까. 뭔가 나만 행운을 만난 것 같다는 생각에, 묵묵히 시를 쓰고 있는 친구들에게 미안한 마음마저 든다.

이미 일반적인 일로 인정되어 있지만, 시집이라는 문학작품은 서점에서 1,000부 정도도 채 팔리지 않는다. 더군다나 시집은 어지간히 큰 서점이 아니면 취급해주지도 않는다. 자칫하면 관념적인 사념의 세계에 틀어박히기 십상인 현대 시인들이 현대사회와는 너무 동떨어진 것에 대해 써왔다는 것이 빚이 되어 지금까지 돌고 돌아서 이렇게 된 일이겠지만, 단가와 하이쿠를 교양으로 배우며 보급되고 있는 것 역시 일본에서 시가 놓인 상황에 비추어볼 때 안타까운 일이다. 시의 쇠퇴를 당연시하며 성립되어온 문학을 두고 과연 좋다고 할 수 있을까.

생각지도 못한 일로 『이카이노시집』은 다시금 빛 속으로 들어가게 되었다.

글자부터가 사뭇 변경의 땅 어딘가의 원야原野를 상기시키는 '이카이노猪飼野' 인데, 나처럼 의지할 곳 없는, 고향을 떠난 자에게는 둘도 없는 기댈 곳이기도 하다. 아니 그 이상으로, 나에게는 일본에 와서 줄곧 마음이 끌려온 회구懷旧의 땅이기도 하다.

이쿠노구生野区에 있던 '이카이노'는 오사카시의 지명 변경으로 인해 1973년 2월 1일자로 없어지고 말았다. 육십 몇 년 전에 기적처럼 일본에 흘러들어온 내가, 기어가듯이 다다르게 된 재일동포의 일대 취락지이다. 태어나서 처음 임금을 받은 것도 이카이노에서이고, 굶주린 채 저녁 골목길을 떠돌다가 청어 굽는 냄새에 남몰래 짠 눈물을 삼킨 것도 이카이노에서였다. 고난의 고향을 버리고 온 자의 떳떳치 못한 마음 때문에 재일민족단체 상임활동가로 남 못지않은 조직 활동가가 되어간 것 역시 재일조선인운동의 거점이었던 이카이노에서였다.

그 '이카이노'가 1970년대에 주변 주민의 민주적 총의의 강력한 작동으로 오사카시 시가지도에서 지워지고 말았다. 상승 일변도였던 땅값과 집값이 '이카이노'라는 말을 듣는 것만으로도 턱없이 깎인다느니 나아가 혼담에까지 지장을 가져온다느니 하며, 인접한 '나카가와초', '모모다니 ○초메'에 병합되고 말았다. 말하자면 '이카이노'는 있어도 없는 동네가 되어버렸다. 아니, 없어도 있는 동네라고 하는 편이 나을지도 모른다. 나로 하여금 『이카이노시집』을 쓰게 만든 것은 이처럼 표리 관계에 있는 존재의식이다. 아마도 독자들에게는 그것이 통주저음처럼 울리고 있을 것이다.

오사카시 히가시나리구東成区 오이마자토大今里 로터리에서 오이케바시大池橋 방면 버스를 타면 처음으로 정차하는 데가 '이카이노바시猪飼野橋'라는 정류장이다. 예전에 있었던 이카이노라는 지명은, 이곳이 원래 다리였음을 표시하는 정류장 표지판에 흔적을 남겨 간신히 그 호칭을 지금까지 전하고 있다. 그러면서도 여전히 이카이노는 역시 재일동포에게는 이카이노인 것이다. 오사카부의 18만 남짓한 재일조선인들 중 약 4만 명이 이카이노가 속해 있던 이쿠노구에 살고 있는데, 그 대부분이 이카이노 일대에서, 마치 본국에서와 같은 삶을 살고 있다. 이치조一条 거리라는 이카이노의 중심가에 있는 미유키모리御幸森초등학교를 보면 알 수 있듯이 전교생의 3분의 2가 우리 재일세대의 아이들이다.

얼마 전 '추석'을 앞둔 북적거림도 흡사 본국으로 착각할 정도로 북새통이었다. 한국도 조선도 함께 섞여 원래의 '조선'이 예년대로 달아오르고 있었다. '이카이노'의 민족 관습은 그야말로 세대풍화의 염려에도 아랑곳없이, 오히려 더 민속적이기까지 하다. 밀치락달치락 몰려들어 관습 속의 '조선'을 불러내어, 그 예스러운 전승을 각자의 방식대로 낚아채간다. '조선시장거리'의 성황으로 말하자면, 이미 물건을 사고파는 정도의 시끌벅적함이 아니다. 조선 고유의 모든 식재료, 세로로 가른 생 돼지고기나 볏이 달린 채 단념한 표정의 닭, 형형색색의 양념, 상어류까지 포함해 입을 벌리고 있는 해산물 등등. 이제 이곳에서는 일본적 심정의 이국정서는 찾아볼 수 없다. 토착 그대로의, 정체를 알 수 없는 식품이나 구시대적인 유교적 유물의 제기祭器마저 태연하게 잡거하고 있어서, 여기를 일본이라 하는 것이 이상할 만큼 '이카이노'는 재일세대의 생리에 익숙한 관습의 땅으로 거기에 있다.

그러면서도 이카이노에 사는 사람들은 누구나 여유가 생기면 이카이노에서 나가고 싶다고 생각한다. 조선시장거리가 현재의 '코리안 타운'이 되기 전에는 분명 그러한 형편에 있었던 게 이카이노 사람들이었다. 그런데 어떻게든 나갈 수 있었다 하더라도 결국엔 이카이노에 다시 되돌아와 이카이노에서의 재일세대를 이어왔다. 어찌됐든 '이카이노'는 일본살이의 재향의 땅인 것이다. 이천 년대에 이르기까지 재일조선인의 삶은, 암반에 뒨 모근을 서로 휘감으며 살아온 것 같은, 얇은 생활기반을 가진 것이었다. 무권리상태를 강요당해온 우리로서는 일자리도 돈벌이도 동족끼리 만들어내어 서로 경쟁하고 부대끼며 온가족이 일하는 것밖에는 살 길이 없었다.

그 정도로 '이카이노'는 정주외국인인 재일조선인의 삶의 원형과도 같은 곳이다. 조선의 서민적인 동네처럼 어수선하고 개방적이며, 그만큼 이것저것 간섭이 많고 성가시고 여기저기에서 새된 목소리가 넘쳐나는, 북적거리면서도 어딘가 애달픈, 웃고 우는 동네다. 뭔가 잘 팔리는 것이 있다는 소문이 돌면, '우로 나란히' 식으로 모든 나가야가 그 장사에 손을 대기 시작하는데, 예컨대 팝콘이 유행하면 팝콘, 찻집이 잘된다는 이야기를 들으면 찻집으로 여기저기 돌변하고, '쓵가케'라고 불리는 헵샌들[67]이 히트를 치면, 하긴 이 '케미컬슈즈'는 머지않아 이쿠노구 전체의 지역 산업이 되기도 했지만, 단가를 후려치면서까지 단골 거래처를 두고 경합을 벌이다가 함께 망하기도 했다. 시집의 「보이지 않는 동네」라는 프롤로그와, 그것에 뒤이은 「노래 하나」, 「노래 둘」, 「노래 또 하나」는 이카이노의 이러한 생활 실태를 바탕으로 만들어진 작품이다.

종종 기억에는 습관이 된 기억도 있다고 생각할 때가 있다. 잠이 오지 않는 깊은 밤이면 어김없이 생각나는 것이 지금에 이르기까지 일본에서 지내온 세월이다. '이카이노'에 다다른 자신의 운명의 묘미 같은 것에 눈이 말똥말똥해지는 것이다. 만일 내가 동포의 집단취락인 '이카이노'가 아니라 모양새가 좋은 도쿄 부근에서 살고 있었다면, 혹은 규슈 어딘가 기질이 비슷한 곳에 가 있었다면, 나는 어떤 식의 '재일'의 삶을 거쳐서 여로의 끝인 이 나이가 되었을까. 계속 시를 써왔다 하더라도 일본인 취향의 있어 보이는 시를 썼을지도 모르고, 도쿄라면 도쿄에서 염치도 없이, 황국소년으로 자신을 만들어낸 그 일본어로 정감을 가득 담아 시를 쓰고 있었을지도 모른다. 혹은 다다른 곳 거기에서 일본에 대한 지식도 과부족 없이 가지게

67. (역주) 구두와 샌들을 절충한 신발. 오드리 헵번이 처음 신은 데서 유래한 이름이다.

된, 전시가요나 옛날 유행가나 동요, 소학교 창가의 거의 대부분을 알고 있는 전前일본 식민지인으로서, 사람들이 마음에 들어 할 아류일본인亞日本人이 되었다 하더라도 이상할 것 없다.

내가 이카이노에 오게 된 건 역시 선택받은 것이라는 생각이 든다. 본국에서조차 사라져버린 습속이 아직 금과옥조처럼 계승되고 있는, 지방 사투리가 넘쳐나는 이카이노였기에 더더욱, 고향을 잃은 나는 닳아 없어지지 않는 생기를 이카이노의 완고한 전승으로부터 얻기도 했다. 그 이카이노에서 잊을 수 없는 많은 사람들을 만나왔으며, 많은 작별을 겪기도 했다. 그들 중 대부분이 '지상 낙원' 같은 것으로 앞장서서 떠난 '귀국자'들인데, 가장 먼저 독특한 방법으로 북의 낙원에서 도탄에 빠진 신음소리를 내어온 사람들도 바로 그들이었다. 무엇이든 간에 이카이노는 재일동포의 동향이 가장 빨리 징후로 나타나는 곳이다.

참으로 고통스러운 시대였다. '동족상잔'이라고 일컬어지는 조선전쟁은, 내가 이카이노에 자리 잡은 다음해에 시작되었다. 날마다 몇 천 명이나 되는 사상자가 조선의 산야를 붉게 물들이던 와중에 일본은 미군의 병참기지 역할을 했다. 당시의 수상 요시다 시게루吉田茂는 조선전쟁을 가리켜 전후 일본 경제를 재건하는 천우天佑라고, 즉 하늘의 도움이라고 큰소리치면서 군수 경기를 부채질하며 전국적인 철강 붐을 일으켰다. 재일동포의 주력 산업이 되어가던 '고철 장사'가 우후죽순으로 생겨난 것도 이 시기였다. 운하를 끼고 있는 이카이노 일대는 전쟁 전부터 소부품을 만드는 공장이나 자물쇠 공장이 밀집해 있었기 때문에 동·놋쇠 등을 깎다가 나온 부스러기나 철판을 뽑아내고 남은 찌꺼기가 운하에 버려지고 있었다. 그것을 건져 올려 군수산업체에 팔면, 그것은 어느새 실싱무기로 둔갑하기도 했다.

전쟁터에서 멀리 떨어진 일본이었지만, 민족의 이반離反이 축도縮圖처럼 드러나는 재일살이를 이카이노에서 똑똑히 보아왔다. 얼핏 보면 가는 편에 지나지 않는 신관의 나사도, 소부품을 만드는 공장에서 대부분의 동포들이 녹로로 만들고 있었다. 물론 2차, 3차 하청업자였던 동포들은 그것이 무엇의 부품인지를 짐작이나 하는 정도였고, 어디까지나 그것은 하나에 몇 십 전錢짜리 개수個數로 계산되는 제품에 불과했다. 전후 얼마 지나지 않은 때의 그 불경기 속에서 특히 우리 동포들로선 생활에 쫓기던 때였다.

하루하루가 고달팠음은 분명했지만, 다 알면서도 동족을 죽이는 편에 동족이 가담하고 있었던 셈이다. 나는 그 일을 말리려고 설득하며 돌아다니는 입장이었지만, 설득이 통하지 않을 때는 청년행동대의 난폭한 조치가 기다리고 있었다. 눈 깜짝할 사이에 공장이 생산 불능에 빠지고 마는 것이다. 요컨대 얼마 되지도 않는 생업을 망쳐놓는 편의 한 사람으로, 조직 활동가로서의 내가 있었던 것이며, 그로 인해 생업을 망치게 된 사람들 또한 배고픈 나를 도와주었던 착한 사람들이었다. 조직과 활동, 이념과 현실 사이에서 내 청춘은 여위어갔다. 결국 건강을 해쳐 결핵을 앓게 되었고 치료하는 데 3년이 걸렸는데, 의지할 곳 없는 나의 목숨은 이카이노 한복판에 있는 작은 진료소에서 이어나갔다. 육친도 미치지 못할 자애를, 이카이노의 아저씨 아주머니들로부터 두루두루 받았다. 그중에서도 아버지를 대신해주신 김원식金源植 선생님, 쇠약해질 대로 쇠약해진 나의 체력을 보강하느라 젤리 상태로 간 태반을 흉부에 주입하는 당시 소련의 선진 의료에 따라 주입 기구까지 제작하면서까지 무료로 치료를 베풀어주신 의사 김화천金和千 선생님, 나에게 어떤 문젯거리가 생길 때마다 신원 인수인으로서 나를 거두어주신 오사카부 화성공업 협동조합 김영수金榮洙 이사장님, 감사다운 감사 인사 하나 전하지 못한 채 저승에 가버리신 세 분께 이 기회 이 자리를 빌려 북받치는 마음으로 간절히 감사의 말씀을 드리고 싶다.

새삼스러울 정도는 아니지만, 『이카이노시집』은 확실히 내 인생 후반의 표지標識가 되었다. 조선전쟁기를 끼고 전개된 그때까지의 재일조선인 운동은 조선총련의 결성 이후 '극좌 모험주의'라는 비방을 받게 되었고, 이후 재일조선인 운동은 조선민주주의인민공화국의 직접적인 지도하에 들어가는 조직으로 개편되었다. 장기 요양을 거쳐 겨우 퇴원한 나를 기다리고 있던 것은 참으로 뜻밖이라 할, 제재를 동반한 조선총련의 조직적인 비판이었다. 갑작스러운 노선 전환으로 탄생한 조선총련에 대중들의 관심을 모을 방도가 필요하게 되면서, '김시종'이 사상악思想惡의 샘플이 된 것이다. '재일'의 독자성을 언급한 사소한 글이 문제가 되어 나는 갑자기 민족허무주의자, 반反조직분자의 본보기로 전락했다. 따가운 눈총 속에 이카이노 주변에 있는 것조차 괴로워져서, 오사카시의 변두리를 전전하며 이사를 계속했다. 막 결혼한 아내를 졸라 입술을 깨물며 해야 했다. 이후 10여 년 동안 일체의 표현 행위를 하지 않고 숨어살았고, 1959년 말에 다 써놓았던 장편시 『니이가타』도 그 기간 동안 헛되이 서랍 깊숙한 곳에 넣어둔 채로 있었다.

1970년, 나는 장편시 『니이가타』를 소속 기관에 상의하지 않고 발표하기로 결심했으며, 그럼으로써 조선총련으로부터의 일체의 규제를 벗어 던졌다. 오랜 시우詩友 구라하시 겐이치倉橋健一 군이 출판에 도움을 주었다. 덕분에 나는 북조선을 신봉해온 자기 속박을 벗어날 수 있었고, 김일성을 신격화하는 획일적인 정치주의를 떠날 수 있었다. 그 계기를 가져다준 친구의 우정을 오래도록 잊지 않을 것이다.

눈앞이 캄캄했던 나에게도 드디어 시야가 열리기 시작했다. 오로지 시를 살아낼 나를 원하게 되었고, 일본에서 사는 재일의 의미를 시와 포개어 생각하게 되었다. 쇠퇴를 거듭하고 있던 '민족교육'(조선총련이 운영하는 민족학교) 너머에서, 일본 교사의 재량에 맡겨져 있는, 절대 다수를 이루는 우리 재일의 초등·중등·고등학교의 학생들이 보이기 시작했다. 일본 교사들과의 현장 교류가 시작되었다. 효고현에서 시작된 '해방교육' 운동에도 힘입어 정규 교원으로는 첫 재일외국인 공립 고등학교 교원이 되어, 인권교육 실천 학교인 효고 현립 미나토가와湊川 고등학교에 사회과 교원으로 부임했다. 1973년 여름, 마흔세 살 때였다.

『이카이노시집』은 그때부터 2년 후의 2월, 재일의 역사학자와 문학자들에 의해 창간된 계간지 『삼천리』에 연재 형식으로 쓰게 되어 간행된 시집이다. 그때는 마침 고도경제성장기가 안정공황기로 접어들 무렵이었으며, 70년 안보 때의 활발했던 학생운동도 우치게바[내부폭력-역자]로 극단화되고, 정치에 참여하는 풍조가 급격히 후퇴하는 한편, 자각 없는 내셔널리즘이 확산되어 가는 양상을 보이던 시기였다. 이때는 재일조선인 사회에서도 3세대로 세대교체가 진행되고 있던 시기였는데, 나이 들어가는 재일 1세들이 욱신거리는 통증처럼 떠안고 있던 회귀의 지향이나 망향의 염원은 먼 옛날얘기처럼 희미해지고, 재일조선인으로서의 아이덴티티는 논의 대상조차 되지 못하고 멀어져가고 있었다. 그것을 대신하듯 일본인으로의 귀화 풍조가 그늘 속의 버섯과 같이 퍼져가고 있었다.

시집에 실린 「나날의 깊이에서」 1, 2, 3은 변함없는 나날의 생활 속에서 어느새 변해가는 의식의 질을 '재일'의 실존과 연계하여 그려낸 것이다. 특히 2는 남북관계를 가로막고 있는 대립의 '벽'이 실은 평상의 나날을 유지하는 경계이기도 하다는 역설을 시니컬하게 부각시킨 것이다. 3은 재일조선인이 가장 많이 살고 있는 히가시오사카 일대, 즉 이쿠노구, 히가시나리구, 후세시布施市 일대에 존재하던, 전후 이래 변함없는 우리 겨레의 생활 수단에 대한 것이다. 온 식구들이 함께 일하는 영세한 가정 공업이 그것이다. 좁은 집 안을 더 좁고 갑갑하게 만드는 것은 제품 하나하나를 상품으로 포장하는 큰 부피의 골판지 상자다.

위에서 내려다보면, 나가야長屋의 한 동 한 동 그 자체가 상자이기도 하다. 좁은 집에 작은 골판지 상자가 비좁게 산더미처럼 쌓여 있다. 그들 대부분이 헵샌들이라고 불리는, 그 동네 고유의 생산품인 신발을 담는 상자다. 상자들 속에서, 무너지기 쉬운 상자를 쌓아올리며, 오사카의, 이카이노의 동포들이 하루하루를 살아내고 있는 것이다. 3은 그 '상자'가 이미지의 오브제로 구성되는데, 1에서도 '상자'는 주요한 모티프가 되어 3과 연결되어 있다. 그리고 「재일의 끝에서」 1～5는 세대가 변동하는 재일의 삶 속에서 열어져가는 재일의 아이덴티티를 다룬 작품이다.

이렇듯 『이카이노시집』은 취락을 이루어 살면서, 일본이라는 거대한 경제기구가 가동시키는 원심분리기에 의해 흩어져버리는 재일조선인의 실존을 새기려고 한 시집이다. 이 시집이 내 인생의 후반의 시작을 구획한 것이라 함은, 내가 일본 정주자가 되고나서 처음으로 조직이나 조국의 규범, 규제의 질곡에서 떨어져 나와, '재일을 사는 것'의 의미와 시야를 다시 볼 수 있게 된 작품이기 때문이다.

나는 일찍이 시는 인간을 그려내는 것이라고 믿어왔다. 인간을 그린다고 하면 소설이나 희곡을 떠올리겠지만, 그 근저에 있는 것은 역시 시인 것이다. 가령 다 그려낼 수 없다고 하더라도, 시가 인간성을 두드러지게 한다는 확신은 흔들리지 않는다. 시는 근본으로부터 본성적으로 사람의 삶에 뿌리내린 것이기 때문이다. 많은 사람들이 목구멍에까지 치밀어 오르는 마음을 각기 다른 것에 가탁하며 살고 있다. 평생을 단역으로 마치는 사람도 있고, 흙과 불의 대화에 일생을 바치는 사람도 있다. 사람들은 각자가 자신의 시를 살고 있으며, 시인은 어쩌다 말로 된 시를 택한 자일뿐이다. 그러므로 시인은 특정한 직능도 아니려니와 권위의 보유자도 아니다. 시인이 '말'에 매달리고 떠날 수 없는 것 또한 거기에 타자의 삶과 겹치는 자신의 삶이 있기 때문이다.

물론 시인은 자신의 말로 자신의 마음을 형태가 있는 것으로 그려낸다. 뛰어나게 독자적인 작업임에 틀림없지만, 그래도 거기에 담겨 있는 것은 사람들의 희구와 비수悲愁, 그것과 뒤섞인 각각의 시대를 일관하여 흐르는 사념思念의 서정이다. 시인은 홀로 떨어져 존재하는 것이 아니라 그곳에서 살고 있는 많은 사람들 중 한 사람에 지나지 않는다. 그렇기에 시인은 말할 수 없는 것들의 존재와 삶을, 그 마음을 말로 그리는 책무를 짊어지고 있다. "시는 타자를 꿈꾼다. 시는 타자와의 대화다"라는 말은 파울 첼란이 했던 말이다.

또 다시 반복하게 되지만, '이카이노'는 간신히 일본에 도달한 내가 처음으로 정착한 동네이며, 고향에서 추방된 자가 "인생의 한 시기에 자기 사상을 갱신할 만한 의미를 갖는 토지나 풍경을 만나게"(오노 도자부로, 『시론』, 「26」)되는 경계의 땅이었다. 따라서 '이카이노'는 『이카이노시집』에 머무르지 않는 제재이며 주제이기도 하다. 장편시집 『니이가타』에도 등장하는, 생산수량으로 벌어먹고 사는 소부품 공장은 그 밖에도 몇몇 작품에 걸쳐 그려지는 제재인데, 그중에서도 신관의 핀을 잘라 만드는 녹로공장이 습격당하여 망연자실한 공장주가 "그만두겠어, 조센 그만두겠어!!"라고 외치는 대목은 이카이노 운하 거리의 해질녘 골목에 새겨진 광경이다.

뭐라고,
정월이라 해서 날이 몇 배 긴 것도 아닐 테고
어제가 오늘이
될 뿐인 이야기잖아……

나직이 말한 동포의
프레스에 먹혔다고 하는
엄지손가락의 흔적이
목탄 불에 비춰져
내게 검게 육박해왔다

넘어설 수 없는 세밑의
끝없는 한밤 속에서
들여다본 시계가
겨우 10시를
지나고 있다

—「세밑」, 『지평선』, 1955

운하 웅덩이에 비가 꽂힌다.
골목 낡은 기와가 겨울비에 젖어 있다.
언제 장식해둔 조화인지
말라버린 색깔로 우중충하게
옷장 위에 서로 기대어 있다.
삶이여.
끌려간 사람의
쉰 목소리여.
바다를 건너도 거처는 끊어지지 않고
시대가, 세대가, 옮겨가든 변해가든
기대어온 습관을 고수하며
끝내 어울리는 일 없이
어중간한 고향사투리로 늙어버린
동네 안에 멈춘 그늘 속의 일본어여.
호토케에— 호토케에—[68]

68. (역주) '내버려둬라'를 의미하는 '홋토케'로도, '부처'를 의미하는 '호토케'로도 들릴 수 있는

내버려둬 라고 말한 것인지
부처님—이라고 외친 것인지.
시설의 차에 실리는 동안
노파는 숨 끊어질 듯 몸부림친다.
원래 처음부터
이상한 억양을 반복하는 말이었다.
정주한 사람들 서로 섞여들지 않는 울림이
삶의 밑바닥에 앙금처럼
나날의 틈에서 끈적대고 있었기 때문이다.
세대는 완전히 멀어져
늙은이 고집도 뒷골목에 갇혀 있다.
이어줄 사람 없는 노파
흔적이 남은 방의 거처를 닫으며
까맣게 빨래 건조대가 젖어 있다.
겨울비는
줄기까지 보이는 하얀 비.
멀리 코리안 타운 게이트가 희미해지며
미처 챙기지 못한 풍령風鈴
아련히 내 마음 속에서 울리고 있다.

-「구멍」, 『잃어버린 계절』, 2010

이 두 작품 사이에는 60년이나 되는 세월이 흘렀는데, 이 작품들의 밑바닥에서 이어지고 있는 '이카이노'는 지금 어떤 변동의 면모를 보여주고 있는

발음이다.

것일까.

이 해가 지나고 또 다시 봄이 오면 이카이노 사람들은 제사를 올리느라 분주해진다. 제주도 4・3 사건이나 조선전쟁 때 죽은 자들이 일시에 찾아오기 때문이다. 희생자 친척에서부터 죽인 쪽의 친척까지 처마를 잇댄 채 제사가 이어지고, 제사음식을 이웃끼리 서로 나눈다. 분단과 대립의 어떤 알력도 이카이노에서라면 뿌리에서 서로 얽혀 있는 삶에 지나지 않는다. 그런 밑바탕이 담보가 되어 이카이노는 재일 민족 축제의 발상지가 되었다. '조선시장거리'도 지금은 '코리안 타운'이다. 나의 이카이노는 멀기도 하고, 바로 눈앞에서 아직도 화끈거리고 있는 동족 융화를 향한 한없는 나의 마음인 것 같기도 하다.

2013년 11월 13일

김시종

상자와 물, 혹은 물에 떠가는 상자 속의 편지
—『이카이노 시집』의 투병통신投瓶通信

와다 요시히로 / 이진경

1. 변곡점

1978년 출간된 김시종의 『이카이노시집』은 출판된 것만 센다면 그의 네 번째 시집이다. 시인 자신의 말에 따르면 이 시집은 시인의 '삶의 후반기'가 시작되는 시집이니, 일종의 터닝 포인트가 되는 셈이다. 변곡점이 곡선의 상狀을 집약하는 결정적인 점이라면, 터닝 포인트는 누군가의 삶이 집약되는 결정적인 점이다. 물론 김시종의 삶을 안다면 이것이 유일한 변곡점이라 할 순 없음 또한 알 것이다. 아마도 '후반기'란 말은 시의 형태로 표현된 그의 삶 안에서 터닝 포인트가 되었음을 뜻하는 말로 보인다. 그렇기에 이 시집은 적어도 김시종의 문학과 사상의 궤적을 이해하는 데 결정적인 시집이라 해도 좋을 듯하다.

다른 이들에겐 '해방'의 기쁨으로 찾아온 8·15를 '패전'의 눈물로 맞았던 황국소년의 곤혹, 새로운 삶의 집약점이었던 4·3 봉기로 인해 밀항선을 타고 감행했던 도일渡日은 김시종의 삶과 문학 진체를 방향 짓는 지반이었을 터이다. 그렇게 건너온 일본에서 그는 당시 재일조선인 운동의 중심이었던 재일본조선통일민주전선(이하 민전, 1951년 1월 결성)에 가입하여 활동한다. 시인이자 민전의 문화활동가로서 그는 1953년 2월 『진달래』라는 문학예술지를 만들고 주관한다. 민전은 당시 재일조선인들에게 폭넓은 지지와 호소력을 갖고 있던 대중 단체이고, 『진달래』는 재일조선인 2세가 중심이 된 문학서클지의 성격 또한 갖고 있었다. 김시종은 전후戰後에 건너왔으니 재일조선인 1세라고 할 수 있지만, 자신 또한 일본어를 '모어母語'로 살았다는 점에서 일본에서 태어나고 자란 2세와 같은 존재라고 말한 바 있다. 『진달래』는 문학에 마음을 둔 2세들이 모여서 주로 일본어로, 때로는 조선어로 창작하고 학습회를 열고 서로 비평을 하며, 이를 간행하여 전국 각지에 있는 문학 서클로 보내며 교류를 하던 잡지였다. 시인인 동시에 조직 활동가였던 김시종은 『진달래』로 표상되는 문학운동을 주도한 '공작자'였다.

그러나 1955년 5월 민전은 상부조직에서 발생한 일종의 '쿠데타' — 김시종의 표현이다 — 를 통해 재일본조선인총연합회(조선총련)로 개편된다. "조직 내에서 토론 한 번 없이 진행되었다"라고 하는 이 사태에 대해, 그리고 이후 '조선민주주의인민공화국'('공화국'이라고 약칭한다)에 충성하는 노선에 대해 강한 위화감을 가졌던 김시종은, 조직의 지시에 따른 창작과 충성을 그대로 드러내는 작품에 대해 '의식의 정형화'라고 비판하며 대립하게 된다. 재일조선인운동도 그렇지만 문학운동은 더더욱 '재일'이라는 조건에 기반해야 한다는 주장, 또한 문학은 정치적인 문학인 경우에도 그저 정치적인 언사들뿐이라면 정치적 문학이 되지 못한다는 생각이었다. 짐작하다시피 이로 인해 김시종은 조직과 공화국으로부터 이름이 적시된 비판을 받았고 『진달래』는 결국 해체되고 만다. 또 조판에 들어갔던 시집 『일본 풍토기 2』는 해판되어 출판되지 못하게 된다.

그렇다고 재일조선인 운동을 그만둘 수 없었기에, 조직의 불신과 고립 속에서도 50년대 중반까지 활동을 계속한다. 결국 공화국에 대한 충성과 사상검증을 뜻하는 '통일시범'이란 이름의 시험을 두 차례 거부한 끝에

조직과 결별하게 된다. 장편시집 『니이가타』는 그러한 상황 속에서 씌어졌다. 배경은 재일조선인 북송운동, 그런데 "한국에서 / 홀어머니가 / 미이라 상태로 기다리고 있기"에, 나아가 "아직 / 순도 높은 공화국 공민으로 탈바꿈하지도 못했"기에(『니이가타』, 곽형덕 역, 글누림, 2014, 149쪽) 아직은 북송선을 탈 수 없다고 털어놓은 덕에 동포들로부터 두들겨 맞는 청년, 그리고 나중에 북송선을 타러 갔을 때 '검증' 과정에서, 그때 일을 기억하는 동포 때문에 북송을 거부당하는 청년의 이야기는, 특이성을 증폭하기 위한 일정한 '변조modulation'를 포함하지만, 본질적으로 김시종이 처한 상황을 극화劇化한 것이라 하겠다. 바로 그렇기에 이 시집은 1959년경 완성되었지만 출판할 수 없었고, 약 10년의 시간이 지난 1970년에야 비로소 출판된다. 『니이가타』를 썼을 때의 마음을 시인은 나중에 다음과 같이 말했다.

> 1959년 말 북조선으로 귀국하는 첫 배가 니이가타항에서 출항했는데, 조선총련으로부터 조직적 비판에 시달린 나는 애초 귀국선에 실릴 대상이 아니었습니다. 나는 본국에서 넘지 못한 38도선을 두고 일본에서도 발이 묶이는 처지가 되었습니다. 무리로부터 떨어져 나온 내게는 나 혼자서라도 일본에서 38도선을 넘어서야겠다는 발상이 먼저 작용했습니다.
>
> 조선반도를 남북으로 가르는 분단선인 38도선을 동으로 연장하면 일본 니이가타시의 북쪽을 통과합니다. 지리적으로는 니이가타를 북으로 빠져나가면 '38도선'을 넘을 수 있는 것입니다. '그렇다면 어디로 갈 것인가?'라는 궁극의 물음이 38도선을 넘은 나에게 남습니다. 모든 표현행위가 가로막힌 나로서는 그저 일본에 남아 살아갈 수밖에 없습니다. 그런 자신의 '재일'의 의미를 스스로 밝혀가야 하는 입장에 처한 것입니다. 말하자면 장편시집 『니이가타』는 살아남았던 일본에서 다시금 일본어에 매달려 지내지 않을 수 없는 나를, 그렇게 '재일을 산다'는 것의 의미를

스스로에게 계속 되물었던 시집이기도 합니다(윤여일 옮김, 『조선과 일본에 산다』, 돌배개, 2016, 268-269쪽).

『이카이노시집』은 이런 『니이가타』 다음에 나온 시집이다. 후기에서 시인은 『이카이노시집』을 '내 인생의 후반의 시작을 구획한 것'으로 자리매김하면서 이 시집이 그의 삶에 가진 의미를 이렇게 평한다.

『이카이노시집』은 취락을 이루어 살면서, 일본이라는 거대한 경제기구가 가동시키는 원심분리기에 의해 흩어져버리는 재일조선인의 실존을 새기려고 한 시집이다. 이 시집이 내 인생의 후반의 시작을 구획한 것이라 함은, 내가 일본 정주자가 되고 나서 처음으로 조직이나 조국의 규범, 규제의 질곡에서 떨어져 나와, '재일을 사는 것'의 의미와 시야를 다시 볼 수 있게 된 작품이기 때문이다(『이카이노시집』, 문고판 후기. 이 책의 161쪽).

2. 이카이노와 재일조선인

이카이노는 '정주외국인인 재일조선인의 삶의 원형과도 같은 곳'이다. 시인은 '재일을 사는 것'을 묻기 위한 장으로서 바로 이 이카이노를 선택했다. 그러나 이카이노란 이름은 "주변 주민의 총의에 의해" 삭제되었다. 한편으로는 그 이름으로 인해 땅값이 헐값이 되는 경제적 현실 때문이기도 했겠지만, 다른 한편으로는 자기 거주지 인근에서 재일조선인의 색채를 지우고 싶었던 주변 주민들의 거부감 때문이기도 했을 터이다. 그러니 지명 소실 이후 "말하자면 '이카이노'는 있어도 없는 동네가 되어버렸다. 아니, 없어도 있는 동네라고 하는 편이 나을지도 모른다. 나로 하여금 『이카이노시집』을 쓰게 만든 것은 이처럼 표리 관계에 있는 [있음과 없음의-인용자] 존재의식이다."

이리하여 김시종은 '재일을 사는 것'의 원형原型을, '없어도 있는' 존재 의식이 투영되는 이카이노의 나날, 그곳에 사는 사람들의 군상을 통해 탐색하게 된다.

그런데 그런 원형으로서의 이카이노를 마주하는 김시종의 감각은 결코 단순하지 않다. 우선 이카이노 내부 자체가 균질적인 세계가 아니다. 이카이노의 삶에 대한 자긍심과 나란히 이카이노란 이름을 폐기해버린 현실적 타산이 있다. 일본과 재일조선인의 대립 속에서 오래된 전통마저 고수하려는 재일의 고집과, 사회적 경제적 차별을 면하고자 일본의 현실을 택한 이들이 동시에 거기에 있다. 남북의 대립이 어떤 식으로든 투영될 수밖에 없는 그곳이지만, 세대를 거침에 따라 남북 조선에 대한 감각이나 거리감이 흔들리고 분화되며 나타나는 미묘한 간극과 변화의 추이가 또한 거기에 있다. 포위된 세계에서 함께 사는 조선인의 동질감이 있지만, 일본어를 대기로, 일본인 속에서 살아야 하기에 발생하는 상이한 감각과 생각이 또한 거기에 있다.

여기에 또 하나, 시인이 이카이노의 세계를 포착하는 양상에 적지 않은 영향을 끼쳤을 거라고 추측할 수 있는 요인을 추가해야 한다. 『이카이노시집』을 집필하던 시기에 시인이 경험했던 미나토가와고등학교에서의 교원 생활이다. 그것은 이카이노 바깥에서 재일조선인의 삶을 보게 하는 경험이었다고 한다. 미나토가와고교는 일본 관서 지방인 효고현에 지금도 있는 공립 정시제定時制 고등학교(노동이나 기타 이유로 통상적인 고등학교를 다닐 수 없는 사람을 위한 고등학교)로, 피차별 부락에 인접해 있다는 지역성에 기반하여 '해방교육'을 계속 실천해온 학교이다. 이 학교는 제도권 교육기관으로선 처음으로 조선어교육을 공식과목으로 채택했는데, 그 과목 최초의 조선어교사가 바로 김시종이었다. 김시종이 근무하던 당시, 그 학교에는 피차별 부락 출신자, 오키나와 등 남방 제도 출신자, 장애인, 그리고 재일조선인 등 다양한 소수자 학생들이 적을 두고 있었다. 조금 길지만, 그 학교에서의 체험에 대한 김시종의 말을 인용하자.

> 일본에 온 뒤 30년 가까이 어떤 식으로든 재일조선인의 소용돌이 속에서 살아온 나에게 재일동포란 뻔하다 할 만큼 잘 알고 있을 동포 대중이고 대상이었습니다. 적어도 그렇게 생각하고 있었습니다. 그런데 효고현에서 제창된 해방교육에 호응하여 '조선어' 교사로서 미나토가와고교에 가봤더니, 이전에는 상상도 하지 못하던 개개 동포들의 실상을 만나게 되었던 것입니다.
>
> 일본인들의 생활권에 들어가 보고서야, 흩어져 살고 있는 동포들이 얼마나 많은지, 즉 동포의 취락으로부터 분리되어 있는 동포들이 얼마나 많은지 새삼스레 알았습니다. 제 눈에 있는 것은 언제나 취락을 짓고 대량으로 뭉쳐 있는 동포들이었기 때문에, 차별을 받고 있다는 의식은 그다지 실감하기 어려웠습니다. 제 생활 주변에서 이른바 차별에 좌절하여 핍색한 동포를 저는 본 적이 없었습니다. 아무리 무권리 상태를 강요당해도 우리 동포들은 태연하게 살고 있었습니다. 허무 같은 것은 들어올 여지가 없을 만큼 우리 생활의 인근은 낙천적이었습니다. 그런 동포들의 모습에 아주 익숙해진 저에게 정시제 고교를 다니는 동포 학생들의 생활 실태, 그 가정의 실정은 참으로 제 상상을 초월하는 것이었을 뿐 아니라, 제 사상 그 자체를 잡아채고도 남을 만큼 무거운 내용이었습니다. 제가 오랜 세월을 들여 알아온 동포들의 수보다, 그렇게 흩어져 일본 생활의 그늘에서 고립되어 있는 동포들의 수가, 그들이 떠안고 있는 내실의 무게로 보아 큰 것 아닌가 하는 데에 비로소 생각이 미쳤습니다. (「민족교육의 한 사건」, 『재일의 틈새에서』(立風書房, 1986, 384-5쪽, 한국어본에는 없음))

'재일조선인의 소용돌이', '언제나 취락을 짓고 대량으로 뭉쳐 있는 동포들'이란 시인이 일본에 온 이후 오래 몸을 의탁해온 이카이노에서 조선인의 존재 양식일 것이다. 그런데 미나토가와고교에 부임함으로써 시인은 그런 상과는 아주 다른, 일본 속에 흩어져 살고 있는 재일조선인과 가까이에서 접하게 되었던 것인데, 그것이 그에게는 거대한 충격이었고 말한다. 누구보다 힘겹게 몸으로 재일을 살아왔던 그였지만, 그게 다가 아니었던 것이다. 그늘 속에서, 차별을 설움으로 체감하며 살아야 했던 이들이었던 것이다.

『이카이노시집』이 단지 이카이노에 사는 이들의 묘사가 아니라, '재일을 산다'는 것을 묻는, 재일조선인의 어떤 원형을 담은 것이라면, 이러한 재일조선인의 상 또한 거기 스며들어 새겨져야 했다. 이는 이 시집에서 그려지고 있는 '이카이노', 거기 사는 재일조선인의 모습이 좀 더 다양한 양상으로 그려지게 되는 이유가 되었을 터이다. 그는 그렇게 자신과 함께 살던 재일조선인 뿐 아니라 자신과 다른 재일조선인, 자신과 다른 감각의 재일조선인을 이카이노 안으로 불러들인다. 이카이노의 이름으로, 그 안에 존재하는 어떤 잠재적 형상으로. 『이카이노시집』에서 느낄 수 있는 아주 다양한 감정들의 흐름이나 갈래, 굴절이나 압축은 '재일을 사는 것'이라는 모티프를 통해 시인의 위치를 좀 더 다각적인 곳으로 밀고 간 것이다.

3. 상자

시인 자신이 '문고판 후기'에서 언급하듯이 『이카이노시집』에서 상자는 중요한 모티프 중 하나다. 이 시집에서 상자는 여러 이미지의 연쇄로 나타나는데, 일단 그것들을 시간의 상자와 공간의 상자로 분류해 볼 수 있을 듯하다. 미리 말해두자면, 시인이 포착한 이카이노의 시·공간에는 매끄러운 연쇄라고 할 연결은 없다. 시간도 공간도, 사람들의 관계도 매끄럽지 않다.

분절되어 있고 단절되어 있다. 상자는 대개 이 분절되고 단절된 삶의 양상들을 표현한다.

하지만 여기서 상자로 분절되어 있다 함은 사람들 사이의 벽을 한탄하는 흔한 비판과는 거리가 멀다. 그것은 무엇보다 생존을 위한 조건이고, 종종 삶의 단란함을 구성하는 상자이기도 하며, 그런 만큼 스스로를 분리하고 가두게 되는 상자이기도 하다. 그러나 동시에 그렇게 나뉘어 있기에 함께 있을 수 있도록 해주는 것이기도 하다. 그러한 분절을 잊고 거리감을 놓칠 때, 함께 산다는 것, 동료 내지 이웃으로 지내는 것은 종종 서로에게 날카로운 날이 되어 밀고 들어갈 수 있다(「나날의 깊이에서 2」).

먼저 시간의 상자. 이 시집에서 3회 반복되는, 가장 비중 있는 시인 「나날의 깊이에서」의 '나날'은 바로 시간의 상자다. 이 '나날'은 일상을 뜻하기도 하고, 이카이노의 영세한 생업, 그 정체된 나날을 상징하기도 한다. 시간의 상자는 그 나날에 쫓기고 독촉 받으며, 그것 속에 파묻혀 사는 세상살이의 격자다.

그것은 상자다.
조각난 나날의
헛간이며
밀어 넣어진 삶이
뒤얽혀 떠드는
그것은 껍데기뿐인
상자다.

상자 속에서
상자를 펴고

하루 종일 상자를 묶고는
상자에 파묻힌다.
상자는 독촉 받는
공동空洞이며
다그쳐져 한숨 나오는
텅 빈 세상살이의
격자다.

—「나날의 깊이에서 3」, 부분

그렇게 하루하루 다가오고 지나가는 나날들은 어제와 내일로 오늘을 잇는 시간의 흐름 속에 있다 하겠지만, 매일 독촉하듯 오는 요구에 쫓기고 일상 속에 파묻혀 하루하루를 사는 것이라면 오늘은 어제와 다르지 않고 내일 또한 오늘과 다르지 않다. 내일, 내일의 내일 등등으로 멀리 이어져 있는 내일의 연속체가 시간 속에 있다 하지만, 그런 삶처럼 내일 없는 삶도 없다. 매일 똑같이 오고가는, '오늘'이라고 불리는 시간의 상자만 있을 뿐이다.

밀쳐내지고
처넣어지고
미루어지는 나날만이
오늘인 이에게
오늘만큼 내일 없는 나날도 없다.
어제가 그대로 오늘이기에
벌써 오늘은
기울어진 위도의 등에서

내일인 것이다.
그래서 그에게는
어제조차 없다.
내일도 없고
어제도 없고
있는 것은 그저
그게 그거인 나날의
오늘뿐이다.

―「나날의 깊이에서 1」, 부분

하루하루가 달라지는 것 없이 반복되는 노동과 생활의 나날 속에서 언제나 그게 그거인 오늘로 오고 가는 시간의 상자들. 그러나 그 시간의 상자들 사이에 숨어서 '나'를 응시하고 있는 시간이 있다. 컨베이어 벨트를 타고 흘러가듯 지나가는 오늘의 상자와 다르게, 흘러가길 거부하고 거기 멈추어 선 채 있는 과거의 기억이다. 그것은 기억이지만 기억의 형태로 불려나오는 기억이 아니라 차라리 망각되어 불려나오지 않는 기억이다. 기억하지 못하기에 오늘을 짜는 시간의 상자 바깥에 있는 시간. 이를 김시종은 '기억의 관'이라고 명명한다. 기억의 무덤이라 해도 좋을 것이다.

도무지 기억이 없는 곳에 그것은 있었다.
그러나 그는 쓸쓸하게 묻혀 있는 것이
잃어버린 기억의 관임을 이내 알았다.

―「나날의 깊이에서 1」, 부분

무덤 속에 묻혀 잊혀진 것이지만, 오늘이라는 시간의 상자 사이를 오가던 눈이 어쩌다 그것과 마주치는 때가 있다. "그런 그가 부주의하게도 / 응시하고 있는 과거를 보고만 것이다. / 조각난 나날이 / 부업의 부피가 되어 방을 밀어올리고 있었을 때 / 바짝 마른 형광등으로 / 비스듬히 구획된 저쪽에서 뒤돌아본 것이다."(「나날의 깊이에서 1」) 이 마주침을 통해 매일 연이어 지나가던 시간의 연쇄에서 이탈하게 된다. 내일 없는 오늘에서, 달라질 것 같지 않은 시간의 상자에서 벗어난다. 다른 시간이 삶에 끼어들 것이다.

다음으로 공간의 상자. '상자'는 이카이노에 즐비한 나가야長屋의 비유이기도 하다. 나가야는 얇은 벽으로 구분되면서 연이어진, 상자를 나란히 붙여놓은 것과 같은 모양의 염가 주택이다. 상자와도 같은 집 나가야는 벽으로 '가로막고' 그로 인해 '떨어지는' 분절의 단위지만, 그렇기에 벽을 '사이에 두고' 함께 살 수 있는 공간적 형식이기도 하다. '가로막다', '떨어지다', '사이에 두다'를 동시에 뜻하는 일본어 동사 '헤다테루へだてる'에 김시종이 천착하는 것은 이 때문이다.

그런데 이는 단지 나가야에서만 발견되는 것은 아니다. 이카이노를 둘러싼 보이지 않는 벽은 이카이노를 '보이지 않는 동네'로 만드는 벽이며, 동시에 그 안에서 이카이노식 삶과 습속이 지속되게 해주는 벽이기도 하다. 이 벽은 재일조선인을 포위한 벽이지만, 미나토가와고교에서 김시종이 만났던 재일조선인과 달리 차별에도 개의치 않고 이카이노 식으로 살아갈 수 있게 해주는 벽이기도 하다. 재일조선인 사이에 있는 남북의 벽 또한 이렇게 가로막고 분리하지만 사이에 두고 함께 살게 해주는 벽이다. 종종 사람을 궁지로 몰아넣고 간첩이라고 죽이기도 하는 벽이지만, 각자의 이념과 성향에 따라 다른 삶이 충돌하지 않고 지속되게 해주기도 한다. 너무 높으면 절단하고 분리하지만, 없으면 충돌하게 된다.

질서란 원래

끊어지는 관계로 이루어지고
구획됨의 불안함은
가로막힌 것을
이어주기도 한다.
(중략)
벽은
우리에게 필연의 대치對峙를 강요하는
대화이고
기다림
아직 이루어지지 않은 만남이
거기서 끊어져 있음을 확인하기도 한다.

—「나날의 깊이에서 2」, 부분

'약간의 시니시즘'을 섞어 표현한 것이라고 나중에 말하긴 하지만, 가로막힘과 연결됨을 대립시키고, 그중 어느 하나를 선택하라고 하는 통상적 관념을 전복하는 시적 발상 자체는 그저 냉소라고 치부할 수 없다. 가로막힘이 연결되어 함께 생존할 수 있는 이유라는 인식 속에서, 양자를 하나로 잇는 어떤 관계를 찾고자 한다. 함께 함이란, 다시 말해 공동성이란 벽 없이 하나가 되는 것이 아니라 벽을 사이에 두고 하나가 되는 것이다. 여기서 우리는 존재론적 사유의 단서를 본다. 가로막기만 해도 문제지만, 없어도 난감한 것이 이 분절의 벽이다. 어쩌면 문제는 가로막는 벽을 사이에 두고 함께 살 수 있는 벽으로 만드는 것이라 해야 할지도 모른다.

이러한 사유에서 '상자'는 분명 존재론적 개념이라 하겠다. '없어도 있는' 자의 존재론과 더불어 상자의 존재론은 『이카이노시집』에서 공동체의 존재론을 구성하고 있다. 현대 공동체론의 고전을 쓴 장-뤽 낭시는 일찍이

'함께 있기'를 보여주는 이미지의 하나로서 상자(버스나 슈퍼마켓) 속에서 만나고 스치는 신체의 이미지를 제출한 적이 있다(『코르푸스Corpus』, 「몸에 관한 58개의 지표」, 제17). 이때 낭시의 '상자'는 개개의 존재들을 만나는 장을 뜻한다. 그러나 김시종은 그렇게 하나의 상자 안에서 만날 뿐이라면 충돌하고 찌르게 된다고 할 것이다. 김시종에게 상자란 그런 충돌과 찌름을 방지하거나 완화시키는 구획이니, 차라리 낭시가 말하는 상자 안에 있어야 할 상자라 해야 할 것 같다. 그렇다고 김시종이 개인주의로 상징되는 근대적인 지향을 갖는다고 하면 그를 완전히 오해하게 된다. 그는 스치고 만나며 별 탈 없이 '이어진다'는 안이한 생각에도 거리를 두지만, 상자 속에 갇혀 '자기만의 행복'이나 '자기만의 삶'을 추구하는 것에도 거리를 둔다. 상자를 명시하며 씌어진 시 「나날의 깊이에서 3」이 바로 그렇다.

사이에 두도록 가로막는 벽이란 '함께 살기 위한' 조건이지 '각자 살기 위한' 조건이 아니다. 따라서 『이카이노시집』은 '없어도 있는' 자들의 이러한 끊어짐과 이어짐을 묻고 있는 것이다. 유명한 평론집 『재일의 틈새에서』의 2부 제목을 「끊어서 잇다切れて繫がる」라고 붙인 것은 이런 이유에서일 것이다. 남북을 가르는 지리적·정치적 경계선을 넘는 것이 아니라 자신이 사는 '여기'에서 넘는 방법을 찾고자 했던 『니이가타』의 문제의식 또한 여기에 이을 수 있지 않을까?

4. 물

『이카이노시집』에서 또 하나 중요한 모티프를 이루는 것은 물이다. 이 시집에서 김시종은 이카이노에 사는 재일조선인의 생활을 "암반에 휜 모근을 서로 휘감으며 살아온 것 같다"고 표현하고 있다. 암반 위에서 살기 위해, 뿌리내릴 수 없는 그 지반을 포기하지 않고 살아남기 위해 빈약하게 드러난 뿌리를 서로 휘감으며 버티는 것, 바위를 뚫고 들어갈 순 없기에 바위 사이에 작은 틈새라도 있으면 비집고 들어가 뿌리를 내려야 하는 것, 그렇기에 뿌리를 박지만 바위 위에 눈에 띄게 뿌리를 드러낼 수밖에 없는 것, 그러나 그래도 기어코 그 비좁은 틈새를 찾아 뿌리를 내리고 생존을 지속하며, 그런 만큼 엔간한 험지에서도 살 수 있는 강한 생명력을 갖게 되는 것, 그것이 바로 암반 위의 식물이다. 재일조선인의 삶이 그러했을 터이다. 이카이노처럼 유사한 생명체가 군집을 이루어 누구도 끊어낼 수 없이 뿌리들이 엉키고 엉킨 곳이라면 더더욱 그러할 것이다.

암반 위라고는 하지만 그 위에서 식물이 살아남을 수 있는 것은 암반 주변을, 때론 보이게 때론 안 보이게 돌고 있는 물 때문일 것이다. 암반 위에 드러난 뿌리를 하얗게 씻어주고 있는 것 또한 물일 것이다. 바위 인근으로 무언가를 실어다주고, 또 거기를 떠나 흘러가게 해주는 것은 물이다. 생각해보면, 김시종에게 물은 이전에도 중요한 모티프였다고 해야 한다. 무엇보다 장편시 『니이가타』가 그렇다. 이 시집의 2부 전체는 바다를 다루고 있다. 종전 직후 조선으로 돌아가려는 이들을 실은 배 우키시마마루가 침몰한 바다, 4·3 때 죽은 이들이 매장된 제주도의 바다, 그렇지만 어느새 살아남은 사람들이 먹고사는 터가 된 제주의 바다, 그리고 침몰한 배를 인양해 고철로 팔겠다는 생존의 영혼에 다시 한 번 폭파되는 바다가 거기 있다. 1부에서 지렁이가 되었다가 거머리로 변신하곤 다시 번데기가 되는 '나'가 고생대로 거슬러 올라가며 조약돌이 되는 것도 물을 따라서다. 3부 또한 위도를 따라 그어진 지리학적 분단을 넘어 '포사 마그나'(일본의 혼슈를 둘러 가르는 단층)의 지질학적 분단 속으로 들어가고자 할 때에도 니이가타의 바다와 강을 다시 만나게 된다.

『이카이노시집』에서는 어떤가? 「노래 하나」의, 이카이노를 떠난 지 16년 만에 다시 돌아온 사내는 못된 숙부에 대해 나름의 징치를 하고는 현해탄을 건너 강제 송환된다. 「노래 둘」에서 이카이노를 그렇게 떠나고 싶었으나 끝내 떠나지 못해 그저 배를 '기다리며' 사는 하루코 또한 물과 배에 잇닿아 있는 인물이다. 「가로막는 풍경」에서 멋지게 포착되어 있듯이 이카이노 자체가 실은 물과 연緣이 깊은 마을이다. 원래 도시를 가로지르던 하천은 운하가 되었고 그 운하의 물은 그때그때 사정에 따라 흐르고 고이고 가로막고 가로막힌다. 이카이노라는 동네는 그 운하를 '사이에 두고' 있다. 이카이노를 둘러싸고 있는 벽은 이카이노를 압착되어 단단해진 암반 같은 섬으로 만든다. 이카이노에 처음 왔을 때 인상을 후일 시인은 이렇게 쓴 바 있다. "도시 뒷골목에 처넣어진 고도孤島의 생활이 거기 있었습니다"(『조선과 일본에 살다』, 235쪽). 이카이노가 고도라면, 거기를 고도로 만드는 것은 물리적으로도 상징적으로도 물이라 하겠다.

그런 점에서 『이카이노시집』은 보이는 것 이상으로 물로 가득한, 물의 시집이다. 그러나 그 물은 단지 고도로 둘러싸는 포위와 고립의 물만은 아니다. 그 물을 따라 흘러가는 이들 또한 물 같은 유동적 존재이기 때문이다. 아무리 뿌리박고 고집스레 버티지만 외부에서 흘러왔고 생존조건에 따라 흘러가며 여기저기서 막히고 고이지만 또한 막은 것을 사이에 두고 살기도 하고 막은 것을 흘러넘치기도 하는 재일조선인의 삶, 물과 같은, 혹은 물을 따라가는 그 삶을 우리는 이 시집에서 본다.

물은 기도祈禱이기도 하다. 우리는 이를 '암반 위의 삶'을 노래하는 마지막 시 「아침까지의 얼굴」에서 읽을 수 있다. 나가야에서 샌들을 만들어 먹고사는, 집의 봉당을 가득 채운 고무 조각들이 "밀려든 해초처럼 쌓여 있"는 집은 이미 바다의 이미지 속에 잠겨 있다. "갓 구워낸 합성고무 냄새는 어딘가 감태 찌는 냄새와 비슷하다." 이 집의 안주인인 '그녀'는 아침이면 통 안에 넣은 대두에 물을 뿌린다. 콩나물을 키우는 것일 게다. 여기서 콩이 담긴 통은 단지 가두는 상자가 아니라 삶을 담아내는 상자다. 그저 호스로 물을 뿌리지 않고 손을 정성스레 봄비처럼 흩으며 물을 주는 것은 거기 있는 것이 생명체이기 때문이다. 생명에, 삶에 물을 주는 손길은, 다른 한편으론 자신의 삶에 물을 주는 손길이기도 하다. 정성스런 그 손길에서 우리는 어떤 기도의 몸짓을, 마음을 담아 모은 두 손을 느끼게 된다. '상자' 같은 집, '그녀' 자신의 모습이기도 한 통 안의 콩나물을 위해 '그녀'가 물과 사귀고 있을 때 그녀도 모르게 "후미진 배 언저리를 흔들고, 마당의 우뭇가사리를 쓰다듬으며" 바람이 건너온다. 상자 속의 삶이지만, 물을 뿌리는 몸짓을 감싸듯 다가오는 바닷바람이 있는 것이다. 이 물가의 세계는 결코 작지 않은 세대 차이를 사이에 두고 있는 딸 연이에게 이어진다.

> 정말로 고향은 따로 있는 걸까? 2세에게는 고향이 없다고들 하지만, 이야기가 스며든 장소가 고향이 되는 일도 있지 않을까?
> 연이에게는 이제 하나의 고향이 생겨났고, 돌담집도, 밭도, 물을 긷는 후미진 곳의 샘까지도, 어머니가 살아온 기억 그대로 연이의 것이 되었다.
> 언젠가 그 거친 바다에 방파제를 쌓는 것이 꿈이다.
> —「아침까지의 얼굴」, 부분

5. 투병통신

『이카이노시집』보다 훨씬 뒤의 글인데, 김시종은 문학적 친구인 호소미 가즈유키細見和之에게 배웠다고 하면서 또 다른 물에 대해, 물을 따라 흘러가는 것에 대해 쓴 적이 있다. 수신인을 정할 수도 없고 기대하기도 어렵지만, 그래도 누군가 주워서 보아주었으면 하는 간절함을 담아 편지를 병에 담아 물에 띄우는 것이 그것이다.

> 누군가가 주워주면 좋겠다며 편지를 넣고 물결 사이에 떠돌게 한다는 아주 목가적인 기대를 말하는 것은 물론 아니다. 호소미도 말하듯이

> 그것은 원래 난파선의 수부들이 했다고 하는 전통적인 행위다. 그렇지만 '그것이 어딘가 물가에 무사히 도착하고, 누가 주워주고, 수신인을 발견할 가능성은 전무한 거나 다름없다.' 그래도, 그것을 다 알면서도 병에 넣어 띄우지 않을 수 없었을 것이다. 그것은 막다른 곳에 몰린 마음의 화신이라 해야 한다(「말할 수 있을 현실을 향하여」, 『사상』 907호, 이와나미서점, 2000년 1월).

그는 이 '투병통신'이란 말에 천착한다. 첼란에게 시란 그런 투병통신이었다. 김시종은 거기서 '시란 그 본질이 대화적인 것임'을 말하려는 첼란의 마음을 읽는다.

> 시를 자기가 살아갈 방편으로서 삼고 있는 나조차 솔직히 말해 시란 오히려 삶의 흔적, 동굴의 바위 표면에 긁은 상처를 남기는 것과 같은 극히 개인적인 행위라고 믿고 있었다. / (중략) 어떤 것이든 시가 떠안는 '대화'란 내 의식에는 없는 것이었다. / 더군다나 시란 무엇인가를 향해 나아가고 있는 위탁된 말의 표류고, 그것의 존재 자체가 언제나 도상에 있는 것이란 생각은 시의 가능성에 대한 얼마나 아름다운 찬사인가. 이러한 시각을 자기 시야에 담아낸 시인을 그 말고는 나는 알지 못한다(같은 글).

병 속의 편지처럼 바다를 건너 목숨을 건진 김시종이었기에, 투병통신에 대해 그가 하는 말은 무거운 울림을 갖는다.

시가 투병통신이라면 시를 다른 언어로 옮기는 번역 또한 그렇다 해야 하지 않을까? 하나의 언어로 씌어진 시를 다른 언어로 바꾸어, 아는 이 없는 어딘가로 병에 담아 흘려보내는 것이란 점에서. 애초에 시인이 선택하지 않았던 그 언어는 새로 고쳐 쓴 편지가 든 병을 실어 나르는 물이라고 해야 한다. 물이 만드는 파도는 때론 병에 담긴 편지를 손상시키고 잃어버리게 할지도 모른다. 그래도 읽고 혼자 담아둘 수 없는 것이 있다면, 누군가에게 전하고 누군가에게 그것으로 말을 걸고 싶은 것이 있다면, 손상되고 잃어버릴 위험이 있다고 해도 감히 병에 담아 흘려보내게 되고 마는 것 같다.

계기음상 季期陰象

| 계기음상 |

해의 밑바닥에서
피안화의 색조 속
풍선이 있는 장소
손 사이로
익지 않는 계절을
마르다
나무의 단장
먼 아침
새
근아신년
숨다
내일

해의 밑바닥에서

다다를 수 없는 마을
한낮이 멈추어 선다.
멈춰 선 한 점에서 허덕이고
이때 너는
해의 밑바닥 그림자 없는 그림자다.
다리가 보이고
말라붙은 강바닥이 갈라져 있다.
강 건너 양산 하나 너풀대고
귀퉁이를 돌지 못했는지
트럭 한 대,
가까스로 다리 옆을 기어오른다.
이상하게 그것은 소리가 되지 않는다.
소란은 온종일
큰길을 단숨에 내달려
거리가 온통 먼 해명海鳴의 밑바닥에 갇혀 있다.
너는 소리 없는 소리의 소용돌이를 헤치고
다리를 건넌다.
칸나는 서로를 의지하고.
스티로폼 상자는 생선을 잃은 지 오래.
예전 같으면 제멋대로 피어
시뻘겋게 내뿜던

그, 꽃이라는 녀석이다.

너는 열어젖히겠다며 문을 당긴다.

난데없는 뇌장腦漿의 착출이다.

눈부신 빛의 동공 깊숙이

부업을 쪼아 먹는 여자가 있다.

거기가 어딘지 묻지 않아도 되겠지.

짙어진 그림자, 사물 속으로 깊어지고,

조개껍질에 깃든

녹슨 바람,

네가 모르는 때라곤 없었던

해의 밑바닥

아찔한

여름.

피안화彼岸花의 색조 속

논둑에 바람이 일고
야생화 산들거릴 때
꽃은 이미 그 모습 그대로 피안彼岸이다.

어둑한 곳에 색을 내비치고
꺾을 수 없는 꽃이 꺾여 있을 때
피안은 그대로 방 안의 꽃이기도 하다.

누군가 꽂은 것도 아니다.
꽃이 꽃으로 거기에 있었기에
삶에 색이 스며든 것뿐이다.

쪼르르
형광등 빛 내린 젓가락통이 있고
호상의好葬衣[1] 깁는 노파가 있다.

어디로 흘러갈 나날일지라도
끝은 언제나 끝나기 전에 끝나가는 것.

1. (원주) 황천길로 떠날 때 입고 가기 위해 환갑 때 만드는 의복. 적황색을 기조로, 생전에 단장을 해두는 것을 노후에 가장 큰 기쁨으로 삼는다.

또 그 다음 어딘가의 언저리에서.

나를 피안으로 싣고 가다오.
이르지 못한 끝의 끝나지 않는 기도祈禱
마하만다라화만주사화魔訶曼陀羅華曼珠沙華.

왜 일본에서는
만주사화曼珠沙華[2]가 피안화이고
흰독말풀[3]은 만다라꽃일까.

여름 수풀 초라하게 떨어지고
이루지 못한 마음 독을 감춘다.
그래도 꽃을 피안에 둘 텐가.

도깨비꽃이라면 거기 있으라.
줄기뿐인 고개를 들고
모셔진 후에 그저 흔들리며 있으라.

정원에 두지 않는 꽃을 놓아
꽃을 잉태한 무화과가 있다.
또렷이 수놓은 자수 한 켠에.

2. (역주) 수선화과의 여러해살이풀.
3. (역주) 가타카나로 조센아사가오라고 표기되어 있다. 흰독말풀의 일본명.

풍선이 있는 장소

시내의 변두리에는 다시 짓는 다리가 있고
방에는 아이에게 버림받은 풍선이 뒹굴고 있다.
다리가 대안對岸을 이을 의지라면
날지 않는 풍선은 갇힌 하늘이다.

얼마만한 동요動搖를 무게로 바꿔 왔길래
철골이 뒤틀려 콘크리트 뼈대가 늘어졌을까.
땅 울리는 신음에 모두 내어준 길 이음매가 다리라면
풍선은 어디서 아이에게 하늘을 튕겨주면 좋으려나.

사랑했노라 말해선 안 된다.
하늘이 높다면 이곳의 삶은 그만큼 깊은 나락.
들썩이는 거리에서 한껏 치장한
누군가를 사랑했다고 더는 말해선 안 된다.

우뚝 솟은 하늘이 있고
건널 수 없는 길이 있다.
너에게도 보이는가
다리 중간에서 서성이는
하얀 지팡이의 저 사람.

손 사이로

내가 손으로 하늘을 가린 건
아마도 석양 저편에서
네가 누런 포플러를 올려다본 적이 있기 때문.
그리고 지금도
떨어지고 남은 잎이 내 맘속에서 떨고 있는 건
아마 지금도
책장 사이 네가 끼워둔 잎이 누런 채 있기 때문.

돌아갈 때를 놓친 황혼에도
대오는 여전히 씩씩해
앞선 배낭의 철모가 빛나고
포플러 그늘에서
곧잘 늦는 너는 손을 흔들었다.

물감 같은 하늘이 흐르고
뒤쫓았을 터인 그 소리가
변두리 어딘가 울려 퍼지고 있다.
내가 손으로 하늘을 가린 건
아마 지금도 네가
석양 너머에 우두커니 서있기 때문이다.

익지 않는 계절을

가을을 알지 못하는가
윈도우 안에서만 물드는
잃어버린 나의
가을을 알지 못하는가?

서둘러 깎여나간 것이다
함부로 잘라낸 가지를 드러내고
가로수는 빌딩의 난반사亂反射에 가늘어지고 있었다

깎여나가기 전에
떨어져버리기 전에
손과 손을 이어 무등산을 에워싸고

얽히고설킨 철조망
곤두선 가시에
다시 감겨

뒤덮고 있었다
뻗어가고 있었다
덫을 감춘 철책도 아랑곳없이
시뻘겋게 군사경계선을 기어오르고 있었다

번지지도 않고
물들이지도 않은 채
나의 무엇이 허식虛飾에 익숙해져
쌓인 가을에
바래져 갔는가?

누런 눈에도
연기가 자욱하다
둘러멘 버너가 일제히 불을 뿜고
앞일 가늠할 수 없다며
가을의 터진 틈새를 쓸어내고 있다

이름 없는 가을 비치어보이고
가뿐히 할퀴어 올린 건 포클레인
깎아지르도록 하늘을 떨구고

층층이 쌓여 뭉개진 씨를 떠올렸다
타올라 터져나는 계절도 있었다고
나에게 말할 수 있는 나를 생각했다

전해다오
진심으로 마을을 물들인 가을이 있었다면
익지 않는 계절에 숨어 있는
동그란 나의

가을이 있는 곳을

마르다

어디였던가.
솔바람 건너와
해명海鳴이 절벽 갉아먹으며 물보라 치던 곳.

밤새 뇌피腦皮를 할퀴고
나의 잠을 설치게 한
그 네모진
유백색
희미한 빛이 함정이었던 곳.

붙잡을 곳 없는 플라스틱 면에
자꾸만 발톱 미끄러지며
날벌레 한 마리
지치지도 않고 기어 다닌다.
그런 몸부림이
멈출 때가
목숨이 끊어지는 때일 테지.
벌레에게 절망이 없다는 건
어쩌면 두려운 악몽이다.

비치는 모양의 날개를 펼치고

쯔쯔, 마른 목숨이 다가온다.
미약한 떨림 커버 귀퉁이 너머 젖히고
날개는 소리 없이 잎맥을 밀쳐 떨구곤 한다.
정맥 같은 그림자를 드리우며
이마에 불 밝히는 상자의 불이 켜진다.

어째서인지 정신이 들지 않는다.
그 이래로
입구가 있어도
출구가 되진 않는다.
등불이 비춰도
빛이 되지 않는다.
뒤통수 어딘가 구멍이 뚫려 있는 것이다.

아마 거기선
내 망막까지 훤히 보이겠지.
온 하늘
단란의 불빛이다.
거리가 울림의 밑바닥에 가라앉는 건
그 경계에서 정적이 모여들어 터져 나오기 때문.
똑같은 신음소리 울려 퍼지고
해명이 울고
솔바람이 불었다.
그 밤 한켠에 있던
벗은 없는가.

나무의 단장断章

떨어져 깔려도
흙으로는 돌아갈 수 없다.
화사한 색이라 해도
사람은 마을로 돌아가지 않는다.

분리대에서는
고행의 행렬.
시들지 않는 것도
괴로운 일이다.

두터운 딱지
스며들지 않는 비.
뒤틀린 나뭇가지
기성품의 문.

그래도 연륜은 새겨지려나.
한 장 한 장
세로로 깎여
천장틀에 들어맞게 되고 말려나.

들끓는 벌레를 욕하지 마라.

경관만 푸르다면
검붉게 퇴색한 죽음은
발가벗긴 채 세워두어라.

가라앉은 마을의 댐 밑바닥
커다란 녹나무가 흔들린다.
계절을 잃은 꽃이 모여들어
연홍색으로 움트고 있다.

먼 아침

희끄무레한 하늘 끝에서 지금 막 떨어진 건 어제다.
어둠은 반전反転의 반전의 순간에만 말려 올라가고
오늘은 항상 공백의 틈새로만 밝아온다.
재빨리 얇은 눈꺼풀을 통해 보는 것도 그 빛.
노인은 생각한다.
나이에 연연치 않는 삶에 대해서.
여생이 이렇게도 훤히 보인다면
저무는 인생도 미래의 일부.
때로는 미지未知 또한 만들어내는 것일지 모른다.
자, 잠을 청하자!
나에게 내일은 백 년 앞의 눈부신 빛!
부스스 몸을 뒤척이며 굽은 등을 새벽으로 향한다.
지금 후미에선 묵묵히 검은 그림자 꿈틀거리고
어떤 배인가 두 번이나 언짢은 엔진의 성화 뱃전을 흔들었다.
노인의 잠에서 갑자기 콧등을 들이대는 건 암소.
긴장된 대기의 한 점 뜯어내고
일어나기 좋은 아침이 필경 어딘가 먼 꿈결 속 숨 쉬고 있다.
언젠가 잃어버린 냉기 속 하얀 호흡의 꽃이다.
갈 곳 없는 이들이 모인 지하도에서 지금 상반신을 드러낸 건 행방불명된 인부.
정해진 순서인 양 침상의 신문지를 일일이 묶어

맨 위의 한 장을 다시 펼쳐 물끄러미 내려다본다.
그에게는 어제가 멈추어 있을 뿐 아니라
아침 또한 작년인 채 시작한다.
다만 그 아련한 우물물 온기만은 목 쉰 입 속 깊숙이 지금도 남아 있고
잊어버린 마을의 허기를 근근이 붙잡고 있다.
아마 지하도 바로 아래 어딘가에서
부단히 스며든 것이겠지.
넘치는 마음만이 구할 수 있는 영롱한 양식.
이슥고 거리에도 사람의 그림자 비치고
모두 나가고 없는 어항漁港 다리 난간에도 희뿌연 색이 떠오른다.
난간에 어른거리며 이야기를 끌어가는 것은
손수레의 여자.
바로 이 이음매의 시간에는 웅성대는 숲이 있어야 하지만
내가 아는 한 생각이 가닿을 수풀은 없다.
침실을 살그머니 빠져나오는 맨발의 여자도 남자도 없다.
졸린 네온을 흘끗 돌아보고
뒷골목 지나던 것은 한 마리 검은 고양이.
이 공기의 주름을 배겨낼 수 없는 걸까
지금 막 도살장 냉동차가 한 덩어리 매연을 뿜으며 빠져나간다.
아침은 이미 아침인 것이다.

새

새가 건너간다.
꿈속에서마저 비어져 나온 커다란 새가
점경點景이 되어 허공을 날고 있다.
위아래로 어둠의 주름을 밀어 펼치며
무리 짓지 않는 하나의 의지가
떨어지는 시간을 새벽녘의 극점으로 끌고 간다.
펄럭펄럭
새의 날개는 기압의 조절판.
대기의 어둠을 구부리는 이 비상飛翔에
다가올 세월은 이미 없다.
새가 가닿을 시간이 있을 뿐.
지구를 감싸고 있는 건 사실
이 비상의 물결이다.
그것이 하늘의 수맥이 되어
천애天涯로 새를 향하게 한다.
어둠을 비집는 부리 끝에서
이렇게 해年는 서서히 밝아온다.
저무는 해年는 해年 안에 있는 것이 아니다.

근아신년謹我新年

이제 다정한 인사는 하지 않기로 했다
하나의 해가 오려면
백 개의 해를 밀어젖혀야 하기 때문이다
산 만큼의 무언가가
떠나보낸 무언가를 이어왔음을 떠올리지 못할 만큼
해는 가고
해는 바뀌었다
참여도 관여도
시들해진 관심의 대상조차도
해는 비추고 그늘도 지고
너무나도 한결같이 저물고는 밝아졌다
덕분에 너와는
평온하게 지나칠 수 있는 사이
이렇게 유지되는 무관심이야말로
충분히 자족하는 넉넉함인 것이다
재작년에도 그 전 재작년부터도
나는 줄곧 동료들 말고는 말을 건네지 않는다
벽은 그렇게 안정된다
그러니 대립은 더 이상 이쁠을 드리낼 일 없다
이미 벽까지가 동료들이다
하얗게 민주주의를 칠해놓고

자기들은 이제 평화에 둘러싸인 선량選良이라 생각한다
그래서 축복은 더더욱
같은 모습으로 꾸며서라도 자기를 위해 나누는 것
한국이나 공화국이나
웬일인지 천황의 세기世紀는 춘궁기이고
어디선지 몰라도
마디에서 새어나온 빛 한 줄기
비스듬히 미간을 살피며 비추고 있다
축하의 인사는 하지 않으련다
부화하지 않은 백조 한 마리
웅크린 채 귀를 기울인다
조촐하게도 거기에서만
신년은 요지경처럼 넘쳐흐른다

숨다

봄이 끝나면
수다도 끝난다
눈부신 바람의 속삭임조차
풀잎을 뒤집으면 총총한 그늘이다

널리 퍼져도
해는 어둠의 표피에서만 춤춘다
지구의 그림자 되비쳐도
그림자는 원래 목소리가 없다

천 년 동안
지구가 암흑을 떠안고 있는 이유다
보는 자의 눈에 청록을 만연케 하고
침묵은 빛의 벽에 숨어살았다

그날이 있다면 기다리자
춘궁春窮의 이랑에 멈춰선 것이라면
두 번 다시 마을로는 돌아오지 않을 것이다
어슴푸레 하얀 박꽃

끝나는 봄에는

시작하는 무언가가 생각의 밑바닥을 이어갈 것인가
향연香煙마저 불어 날리고
커튼은 상쾌하게 흔들리는데

희망 따위는 말하지 않으리라
어느새 쏟아지는 비에
모든 것이 떠내려간 새벽
불쑥 깨어나는 청춘도 있는 것이다

멀어진 것에도 주의해야 할 때가 있다
굳어진 그림자가 사물의 경계에서 스며 나올 때의
그 비밀스런 의식儀式의 시간이다
죽은 자를 위한 조용하고 태평한 공간이다

무명無明의 시간 정숙의 껍질을 깨는 새
새는 그렇게 얼룩덜룩한 잠을 부화시켰던 것이다
유유히 하품을 하고
나는 어둠의 표피를 비집고 나왔다

빛 또한 떠안은 어둠을 빠져나왔을까
푸른 과실 심지에서 터져나고
빛의 성性은 뒤틀린다
한창때의 앳된 현기증

모든 것이 이렇게 변해간다

그 따스한 그늘의 바람과 다정하게
잃어버린 나날 나의 무언가도
쏟아진 채 곰팡이 핀다

버티다 무너지면
애태움은 끊어지고
떨어지고 싶다는 오롯한 욕망에
간절한 산사나무 빨간 열매가 누렇다

떨어지는 것만이 각성이라면
있는 그대로 해체되는 것 또한 하나의 자각
그림자는 그늘로 숨어들고
그늘은 양지에서 그림자를 깊이 드리운다

둘러온다고 익숙해지는 것은 아니다
비추며 가기에 그늘지는 것이다
오월도 바람에 나부끼고
그는 도시에서 돌아오지 않는다

내일

거기 있지 마라
더 이상은.
익숙함에 빠져버리는 것이 바로 거기다.

여하튼 떠나라.
돌아갈 가망 없는 곳에서 일어서라.
그것이 소생이다.

이제 더 이상
거기서 기다리지 마라.
그것이 나무다.

사람은 다 똑같다고 말하는 자여.
약아빠진 입
그것이 구멍이다.

더 이상, 더 이상
말을 덧붙이지 말아다오.
그것이 벽이다.

그래도 똑같다고

다시 말하라.
그것이 꽃이다.

보이지 않는 것에도
가슴은 설렌다.
그렇게 바람은 스치고 지나간다.

잊혀진 것의 구석에서
넘쳐나는 아침의 조각片들.
그렇기에 후회는 언제나 새롭다.

그래도 상관없다.
이제 더 이상 거기 있지 마라.
그것이 내일이다.

| 옮긴이 후기 |

어떤 삶의 기념비와 불가능한 것의 시학
—『계기음상』에 부쳐

카게모토 쓰요시 / 이진경

1

『계기음상季期陰象』은 독립적인 단행본으로 간행된 시집이 아니다. 김시종은 첫 시집인 『지평선』(1955)에서부터 다섯 번째 시집인 『광주시편』(1983)까지 다섯 권의 시집을 모아 『원야의 시原野の詩: 1955~1988』(立風書房, 1991)라는 제목의 집성시집集成詩集을 내는데, 세 번째 시집이 되었을 『일본 풍토기 2』에 싣고자 했지만 시집 자체가 출판 정지되는 바람에 출판되지 못한 시 중 14편을 모아 『습유집拾遺集』이란 제목으로 묶고, 당시로선 최근작이었을 시 12편을 모아 『계기음상』이란 제목으로 묶어 다섯 시집의 뒤와 앞에 붙여 출간한다. 여기에 이케다 히로시의 해설과 노구치 토요코의 70쪽 가까운 상세한 연보가 더해져서 이 집성시집은 그때까지의 김시종의 시 세계를 말 그대로 집약하는 선집이 되었다. 『계기음상』은 그렇게 탄생한 900쪽 가까운 두툼한 '신체'의 머리 부분을 이루는 '시집'이다.

개개 시들을 보면 『광주시편』보다 앞서 발표된 시도 있긴 하지만 대체로 이 선집 뒤에 발표된 시집 『화석의 여름』(1998)과 『광주시편』 사이에 씌어진 시들로 이루어져 있다. 그래서겠지만 『계기음상』의 시들은 『화석의 여름』과 내용이나 형식에서 상당한 친연성을 갖고 있다. 그런데 계절로 표현되는 시간季期의 그늘陰에서 포착되는 이런저런 상象들을 모으려는 문제의식을 표시하는 제목을 유심히 보았다면, 이 시집이 『화석의 여름』 뒤에 출간된 그 다음 시집 『잃어버린 계절』(2010)과도 이어져 있음을 짐작할 수 있을 것이다.

2

김시종의 시를 따라가며 읽은 이라면, 이 '시집' 이후 발견되는 하나의 중요한 변화를 감지할 수 있을 것이다. 『지평선』에서부터 『일본 풍토기』, 『니이가타』와 『이카이노시집』에서 김시종의 시는 대체로 재일조선인으로서의 포지션에서 발화되거나, 일본과의 관계 속에서 재일조선인을 대상이나 모티프로 씌어져 있다. 『이카이노시집』에 이르는 시적 도정은 어쩌면 그런 재일조선인의 포지션이 강화되는 과정처럼 보이기도 한다. 반면 『계기음상』을 계기로 재일조선인의 포지션에서 발화하거나 그것을 소재 내지 대상으로 하는 시는 급격히 줄어든다. 가령 『계기음상』의 시를 저자가 누군지 모르고 읽는다면, 재일조선인이 쓴 시임을 알아볼 수 있는 작품은 찾기 어렵다. 『화석의 여름』에서 그런 시는 「똑같다면」이나 「여기보다 멀리」, 「상」, 「이카이노 다리」, 「돌아가다」 등이고, 『잃어버린 계절』에 가면 「이어지다」, 「잃어버린 계절」 등의 시들이 있지만 재일조선인의 포지션을 발화주어나 시적 묘사대상으로 삼는 시는 많지 않다. 물론 내용상으로 보자면 '재일을 사는' 소수자로서의 삶은 여전히 모든 시에 강하게 새겨져 있지만, 주체나 대상, 모티프로서 재일조선인은 전면에서 사라져가는 듯 보인다. 그런 점에서 『계기음상』 이후 김시종의 시는 재일조선인의 형상에서 점점 벗어나고 있다고 해야 할 것 같다.

이를 두고 흔히들 말하듯 '인간의 보편적 감수성'을 향해 '승화'된 것이라고 하는 이도 있을 것 같다. 그러나 김시종의 시를 두고 '보편적 인간'이나 '보편적 설득력' 같은 것을 말하는 것보다 설득력 없는 말은 없다. 보편적 설득력이란 모든 사람이 그 자리에 자신을 이입할 수 있음을 가정하는데, 사실 많은 시들이 그렇겠지만 김시종의 시만큼 '모든'의 보편성과 거리가 먼 것은 없어 보이기 때문이다. 그렇게 하기엔 그는 너무도 '특이한' 삶을 살았고, 너무도 '특이한' 감수성을 갖고 있다. 이는 재일조선인이라는 위치에서 상대적으로 벗어난 듯 보이는 후기의 시들이라 해도 다르지 않다.

그렇다면 이러한 이탈의 운동을 어떻게 이해해야 할까? 그것은 어쩌면 재일조선인 안에서 김시종이 밀고나간 이탈의 운동과 관련하여 이해해야 하지 않을까? 즉 『계기음상』 이전에도 이미 이 이탈의 운동은 진행되고 있었다는 것이다. 다만 그것이 재일조선인으로부터가 아니라 재일조선인 안에서 진행된 것이었기에 알아채기 힘들었을 뿐이다. 가령 『니이가타』에는 '동포'로부터 맞고 거절당하며 고립되는 특이한 '한 사내'를 통해 재일조선인 사회로부터 이탈해가는 운동이 장편시 전체에 걸쳐 진행되고 있다. 그 인물은 '분단을 넘는다'는 '조선적인' 고유성property을 갖지만, 이웃한 '동포'들과 달리 지도상의 위도를 넘는 대신 일본 안에서 '분단'을 넘는 특이한 방법을 취함으로써 한편으로는 '동포'들로부터, 다른 한편으로는 지리적 영토로부터 이탈해간다. 『이카이노시집』은 이카이노라는, 이름만으로 땅값을 폭락시키는 동네를 제목으로 내건 시집이고, 이카이노라는 영토로써 재일조선인의 삶의 형상을 그리는 시집이란 점에서 영토성이 가장 선명한 시집이다. 하지만 이 시집조차, 시인 자신이 말했던 것처럼, 미나토가와고등학교 조선어 교사로서 이카이노 바깥의 재일조선인들과의 만남을 통해, 다시 말해 많은 동포들이 모여살기에 차별의 설움이나 핍박에 주눅 들지 않고 살던 동포들과는 다른 재일조선인들을 만나면서 재일조선인에 대한 자신의 표상을 바꾸어가게 된 경험이 역으로 스며든 시집이다. 그렇기에 어쩌면 『이카이노시집』 또한 이카이노를 이카이노로부터 벗어나게 하고 재일조선인을 다시 한 번 재일조선인으로부터 벗어나게 한 시집이라 해야 할지도 모른다.

이 중층적인 이탈의 운동을 이렇게 간단히 일별해보는 것만으로도, 우리는 재일조선인이 하나의 동질적 집단이 아님을 보게 된다. 일본과의 대립 속에서 재일조선인을 '특수자'로서 포착할 때, 재일조선인은 그 특수자로서 하나의 '정체성'을 갖게 되고, 그 정체성에 할당된 동질성을 가정하게 된다. 그러나 그것은 "일본에 대해서가 아니면 / 조선이 아닌 / 그런 조선"(「나날의 깊이에서 1」, 『이카이노 시집』)에 지나지 않는다. 일본과의 대립을 통해서나, 기존의 조선과의 동일성을 통해서 재일을 규정하려는 태도를 비판하며, 재일을 '재일'로서 독자적으로 규정하고자 한 김시종의 시도는 바로 이런 식의 정체성이나 동질성에서 벗어나 재일의 삶을 그 자체로 사유하려는 태도라 하겠다. 즉 재일의 삶이 갖는 영토적 색채가 전면에 드러나 있을 때조차 김시종의 시는 '재일조선인' 내부에서 '재일'을 그 바깥으로 이탈시키는 운동을 밀고나가고 있었던 것이다.

따라서 재일이란 흔히 '민족적 고유성'이라고 말하는 어떤 상태나 특징, 지향이나 기질의 집합이 아니라, 자신이 발 딛고 사는 '지금 여기'에서의 삶이 갖는 어떤 특이성singularity을 뜻한다. 그 특이성은 재일을 둘러싸고 포위한 일본과 두 개의 조선이라는 조건, 그것들 사이의 틈새에서 작용하는 힘들, 그로 인해 형성되는 감응과 감각, 흘러가지 않은 채 거기 남아 현재로 밀고 들어오는 '바래진 시간'의 기억, 분리된 채 이어지고 서로 만나고 영향을 주고받게 되는 이웃들 등이 모이고 섞이며 형성된다. 재일조선인이란 재일을 사는 이를 뜻하고, 재일을 사는 이란 이런 종류의 특이한 삶을 살아가는 이로 재규정된다.

여기에 김시종이 살아온 삶의 양상이, 재일조선인 안에서조차 이탈의 운동을 계속해야 했던 삶의 양상이 더해질 때, 단순히 '재일'이라는 말로 회수되지 않는 어떤 삶의 윤곽이 그려질 것이다. 그것이 아마도 그의 시에서 그려지는 어떤 삶의 초상이라 할 것이다. 김시종의 시에서 만나게 되는 이런 삶의 양상은 일본인은 물론 재일조선인이라도 통상적으로는 경험할 수 없다는 점에서 분명 특이한 것이다. 그것은 그의 삶에서 배태되고 자라난 것이지만, 김시종이란 개인에게 귀속되는 과거가 아니라 그런 조건에서 그런 방식의 삶의 가능성을 갖는 이라면 누구에게든 도래할 수 있는 '미래'다. 그의 시는 그가 살아온 과거의 대지 위에 세운 미래의 기념비다. 그 특이한 삶으로 사람들을 촉발하고, 그 삶으로 사람들을 불러들이는 매혹의 기념비다.

요컨대 김시종의 시가 재일조선인이라는 포지션으로부터 이탈해가는 운동은 재일조선인을 모티프로 하던 시기에조차 진행되어온 것이며, 표면에서 재일조선인의 모습이 희미해진 이후의 이탈조차 '모든 사람'을 포괄하는 '인간'이란 이름의 보편성을 향한 보편화 과정이 아니라, 차라리 그 보편성과 대비되는 어떤 특이성을 향해가는 과정이었다 할 것이다. 애초에 그 특이성에는 재일조선인이란 표지가 붙어 있었지만, 그것은 재일조선인이라면 누구든 살게 될 삶이 아니며, 굳이 재일조선인으로 접근자격이 제한된 삶도 아니다. 그런 특이성이 어렵지 않게 포착가능할 만큼 충분히 표현되었을 때, 그것은 그것이 발생한 지점이나 그것을 떠받치고/제약하고 있는 지점으로부터 벗어날 수 있게 된다. 즉 따로 표시하지 않아도 대체로 알아볼 수 있는 특이성이 된다.『계기음상』이후 김시종의 시가 재일조선인이라는 발화주체와 그 포지션에서 벗어나게 된 것은 이런 이유에서일 것이다.

3

내용의 층위에서 보자면『계기음상』의 시들은 대체로 '불가능성'이란 개념과 인접해 있는 듯하다. 이는 때로는 '도달할 수 없음'이나 '돌아갈 수 없음'처럼 말 그대로 '불가능함'을 표시하는 말들로 표현되고, 때로는 '잃어버림'처럼 회복할 수 없음 같은 것으로 표현된다. 간단히 몇 개만 나열해 보면, 「해의 밑바닥에서」의 첫 행인 "다다를 수 없는 마을", 「피안화의 색조 속」의 "이르지 못한 끝의 끝나지 않는 기도"와 "이르지 못한 마음 독을 감춘다", 「풍선이 있는 곳」의 "건너갈 수 없는 길", 「손가락 사이로」의 "돌아갈 기회를 놓친 황혼", 「익지 않는 계절들」의 "잃어버린 나의 가을", 「나무의 단장」의 "흙으로는 돌아갈 수 없다", "계절을 잃은 꽃" 같은 문장들이 그렇다. 이 몇 개의 문장이 2010년 출간된 『잃어버린 계절』의 중심적인 모티프와 연결되어 있음을 안다면, 이 '잃어버림'이나 '할 수 없음'으로 표현되는 불가능성이 『광주시편』 이후 20년 이상 김시종의 시에 '기조'라고 할 수 있는 어떤 바탕을 이루고 있다는 말에 쉽게 동의할 수 있을 것이다.

다다를 수 없는 마을, 돌아갈 수 없음에 대한 이 안타까운 강밀함은 어딘가 가고자 하고 어딘가에 이르고자 하는 마음의 음각화다. 끝까지 가보려고 하지 않았다면, 끝이 도달할 수 없는 곳임을 알지 못한다. 끝까지 가보려 한 이들만이 끝에 이르는 것의 불가능성을 알 수 있다. 불가능성이 여러 가지 양상으로 반복되고 있음은, 끝까지 가보려는 시도가 반복되었음을 뜻한다.

이, 이를 수 없는 끝이란 무엇인가? 그것은 단순한 목적지 같은 것이 아니고, 주어진 일이나 기간의 종결 같은 것도 아니다. 그건 끝이긴 하겠지만 도달할 수 있는 끝은 아니다. 말로 치자면 끝이란 차라리 말하고자 하지만 말할 수 없는 것이다. "이상하게 그것은 소리가 되지 않는다." 흔히 '끝'과 동일시하는 '목적'으로 치자면, 그 끝에 다다를 수 없다 함은 찾고자 하는 것을 끝내 찾을 수 없는 어떤 소진의 지점 같은 것을 표현한다. "말라붙은 강바닥이 갈라져 있다." 그곳은 시간마저 멈추어 서는 곳이다. "다다를 수 없는 마음 / 한낮이 멈추어 선다."(이상은 「해의 밑바닥에서」) 삶과 관련해서 말하자면, 끝이란 현재의 반복되는 삶의 출구 같은 것에 더 가깝다. 그 끝이 닿을 수 없는 먼 거리 저편에 있는 것이다. "일어나기 좋은 아침이 필경 어딘가 먼 꿈결 속 숨 쉬고 있다."(「머나먼 아침」)

좀 더 확장해서 말해도 좋을 것이다. 존재를 두고 말하자면, 도달할 수 없는 끝이란 세계가 부여하는 이런저런 대상적 규정을 벗어난, 있는 그대로의 존재 그 자체 같은 것이다. 지금 여기서 멀리 동떨어진 피안이 아니라, 바로 눈앞에 있지만 결코 도달할 수 없는 곳으로서의 피안. 그렇기에 어떤 규정도 없는 야생의 모습 그대로 피안이지만, 사람의 손에 꺾여 그의 세계 속으로, 그의 방 안으로 들어와 '꽃'이라는 대상이 되어, 그저 대상으로만 존재하는 것.

논둑에 바람이 일고
야생화 산들거릴 때
꽃은 이미 그 모습 그대로 피안彼岸이다.

어두한 곳에 색을 내비치고
꺾을 수 없는 꽃이 꺾여 있을 때
피안은 그대로 방 안의 꽃이기도 하다.
—「피안화의 색조 속」, 부분

끝이 출구라면 도달할 수 없는 출구란 '출구 없음'을 뜻한다. 아무리 발버둥 쳐도 벗어날 수 없는 차안의 세계. 다리가 차안과 피안의 "대안對岸을 이을 의지라면", 밖을 향해 날고자 했으나 벗어나지 못한 이에게, 그렇게 방안에 갇힌 풍선에게 하늘은 "건너갈 수 없는 길" 저편이다. "갇힌 하늘"이다

(「풍선이 있는 곳」). 그래도 거기 그대로 머물러 만족하며 살 순 없기에 출구를 찾기를 반복하는 이들이 있다. "나의 잠을 설치게 한…… 유백색의 희미한 함정"에 빠지고 마는 이들이. 그러나 "입구가 있어도 / 출구가 되진 않"고 "등불이 비춰도 / 빛이 되진 않는" 것(「마르다」), 그것이 불가능한 것을 향해, 도달할 수 없는 끝을 향해가려는 자의 끝이다. 도달할 수 없는 끝이지만, 그리 가기를 멈출 수 없는 끝. 플라스틱 그릇에 빠져 벗어나려 끊임없이 미끄러지며 기어오르길 반복하는 벌레의 모습은 그처럼 출구 없는 세계에서 출구를 찾길 반복하는 '어떤 이'를 닮았다.

> 붙잡을 곳 없는 플라스틱 면에
> 자꾸만 발톱 미끄러지며
> 날벌레 한 마리
> 지치지도 않고 기어 다닌다.
> 그런 몸부림이
> 멈출 때가
> 목숨이 끊어지는 때일 테지.
> 벌레에게 절망이 없다는 건
> 어쩌면 두려운 악몽이다.
> 　　　　　—「마르다」, 부분

출구를 찾아 기어오르는 곤충에게 절망 없음이 악몽이듯, 이런 이들에겐 "시들지 않는 것도 / 괴로운 일이다"(「나무의 단장」). '나락'이다. 우뚝 솟은 하늘이 건너갈 수 없는 길 저편에 있다면(「풍선이 있는 곳」). 그 길의 이편은 나락이고 밑바닥이다. 그래서일까? 나락이나 밑바닥은 이 시집에서 여러 가지 다른 양상으로 반복되어 나타난다. "내가 모르는 때라곤 없던 해의 밑바닥"(「해의 밑바닥에서」), "하늘이 높다면 이곳의 삶은 그만큼 깊은 나락"(「풍선이 있는 곳」), 거리가 가라앉는 "땅울림 밑바닥"(「마르다」), "가라앉은 마을의 댐 밑바닥"(「나무의 단장」), 시작하는 무언가가 이어가리라 싶은 "생각의 밑바닥"(「숨다」) 등등.

이 밑바닥에 있는 이들은 쉽게 희망을 말하지 않으며(「숨다」), 속 편한 축복이나 축하의 인사도 하지 않는다(「근아신년」). 이미 그림자인 이들은 빛을 찾아가기보다는 차라리 그늘 속으로 숨어든다(「숨다」). 손으로 하늘을 가린다. 흔히 말하듯 손으로 해를 가리는 것은 가망 없는 일이라 하겠지만, 그것은 빛을 지우고 진실을 가리려 함이 아니라 손바닥만 한 그늘 속으로라도 들어가려 함이다. 이는 아주 다른 의미에서 가망 없어 보인다. 하늘의 크기와 대비되는 작은 손의 크기만큼이나 가망 없고 보잘 것 없기에. 그래도 그렇게 하는 것은 "석양 저편", 아마도 어둠이 기다리고 있을 그곳에서 "누런 포플러를 올려다본 적이 있"기 때문이다. 그런 "네가 거기에 우두커니 서있기 때문"이다(「손가락 사이로」). 해의 밑바닥, 그 그늘 속에 있는 것을 보기 위함이고, 그 그늘 속에 있는 무언가를 향해 손을 내밀기 위함이다. 『계기음상』이란 제목은 "어제가 멈추어 있을 뿐 아니라 / 아침 또한 작년인 채 시작"하는 계절의 시간季期 속에서, 그 시간의 그늘陰 속에 있는 것象을 보려는 이런 의지의 표명이고, 그 그늘 속에서 그가 본 것들을 적은 기록이다.

어둠 속을 나는 새는 비록 출구가 없을지라도 "새벽녘의 극점"을 향해 날아가지 않을 수 없다. 그것은 "대기의 어둠을 구부리는 비상"이다. 출구처럼 "다가올 세월은 이제 없"지만 "다다를 시간이 있"기에, "지구를 감싸고 있는 건 사실 / 이 비상의 너울"이기에, 그것이 "하늘의 수맥이 되어 / 천애의 새를" 그리로 날게 한다. 그것은 부리 끝으로 "어둠을 비집어 여는" 것이고 (「새」), 그렇게 어둠을 열려는 비상이 반복될 때마다 우리는 살짝 보인 출구를 닫으며 저무는 해年의 바깥을 사는 것이다.

출구를 찾을 수 없기에 출구를 찾는 비행은 영원히 반복될 것이다. 절망 없음이 지옥이라 하더라도. 어둠이 끝내 사라질 수 없는 것이기에 대기의 어둠을 구부러뜨리고 부리로 어둠을 비집어 여는 비상은 영원히 계속될 것이다. 시들지 않는 것이 괴로움일지라도. 피안이란 이 세계 저편에 따로 있는 것이 아니라 그 세계 안에서 출구를 열려는 그때마다의 시도 자체 속에 있는 것이다. 그런 시도를 통해 살짝 열리는 순간 속에 있다. "야생화 산들거릴 때 / 꽃은 이미 그 모습 그대로 피안"이듯이. 그렇게 "꽃이 꽃으로 거기에 있었기에 / 삶에 색이 스며든 것이다."(「피안화의 색조 속」) "이르지 못한 끝"을 향한 "끝나지 않는 기도祈禱"는, 그 끝이 이르지 못할 것이기에, 불가능한 것이기에 영원히 끝나지 않고 계속될 것이다. "여름 수풀 초라하게 떨어"질 때마다 "이르지 못한 마음 독을 감춘다"함은 이런 의지의 표명 아닐까?

4

불가능한 것과의 대면, 그것은 어디에서든 바깥을 향해가는 사유의 모험에 수반되는 것이다. 편안하고 익숙한 감각을 넘어서려는 감수성의 모험에 동반되는 것이다. 이는 재일조선인 운동에, 또한 익숙한 재일조선인 사회에 안주하지 않고 바깥으로 난 출구를 찾으려는 김시종의 끊임없는 시도의 징표이자, '서정'이라는 편안하고 익숙한 감각과의 대결을 모토로 삼았던 그의 시작詩作의 운명 같은 것이다. 그렇게 바깥을 찾으려는 시도가 결국 대면하게 되는 것은, 그 편안함과 익숙함의 기원 내지 '근거'이자 안주하려는 내부성의 중심인 '나我'이고, 그것의 확장된 집단인 '우리'이다. 즉 '나'나 '우리'와 대결하고 그것의 바깥을 찾고자 하지 않는다면, 그 모험은 끝까지 가지 못한 것이라고 해야 한다. 바깥으로 가려는 자, 출구를 찾는 자가 진정 대결해야 할 것은 바로 '나'의 감각이고 '나'의 사유다.

김시종의 시는, 그것이 어떤 화자의 자리에서 씌어지건 간에, 일상에 대한 것이든 밑바닥과 어둠에 대한 것이든, 어떤 시도 실은 자기 자신과의 대결로 씌어진다. 이 대결은 대개 다른 모티프 속에서 진행되기에 대개는 배경에 숨어 있다. 그런데 종종 이 대결 자체를 표면에 드러내는 경우가 있다. 『니이가타』나 『이카이노시집』에서 반복되는 분신의 모티프가 그러하다. 『계기음상』에서는 「근아신년謹我新年」에서 그런 경우를 본다. 평온함과 행운을 비는 축복의 인사 '근하신년'을 '나我'에 대해 경계하고 삼가는謹 해로 삼자는 다짐인 '근아신년'으로 바꾸어버린 제목부터 그러하다. 그렇기에 "이제 다정한 인사는 하지 않기도 했다"는 말로 시를 시작한다.

재작년에도 그 전 재작년부터도
나는 줄곧 동료들 말고는 말을 건네지 않는다
벽은 그렇게 안정된다
그러니 대립은 더 이상 이빨을 드러낼 일 없다
이미 벽까지가 동료들이다
하얗게 민주주의를 칠해놓고
자기들은 이제 평화에 둘러싸인 선량選良이라 생각한다
그래서 축복은 더더욱
같은 모습으로 꾸며서라도 자기를 위해 나누는 것

—「근아신년」, 부분

하얗게 민주주의를 칠해놓고 그것으로 평화를 얻었다고 하는 태도와 "같은 모습으로 꾸며서라도" 편하게 지내고자 '축복'을 하는 마음이 그가 보기엔 다르지 않다. 그러나 그것은 선량을 자처하는 정치인들이나 의례적인 말과 표정을 짓는 인근의 일본인에게만 해당되지 않는다. 몇 년 전부터 이미 "동료들 말고는 말을 건네지 않는" 자신 또한 그와 다르지 않음을 그는 본다. 어느 것이든 대립을 드러내지 않고 비슷한 이들끼리 모여 벽을 쌓곤 안정과 평화를 구가하려는 태도의 산물이다. "덕분에 너와는 / 평온하게 지나칠 수 있는 사이"이다. 근하신년의 축하인사에서 시인은 그런 삶으로 새해를 맞으려는 의지의 연속성을 본다. "이렇게 유지되는 무관심이야말로 / 충분히 자족하는 넉넉함"이라는 자각 속에서 이젠 다정한 인사는 하지 않으리라 다짐하는 것이다.

벽 안의 안정, 동색同色의 편안함은 안전지대 속에서의 삶과 이어져 있다. 심지어 거북할 때조차 서로 건드리지 않고 서로의 차이를 '인정'하는 것, 그것이 삶을 안전지대로 만드는 길이다. 반면 선을 넘으려 하고 주어진 세계의 바깥으로 나가려는 순간, 우리는 그 안전과 안정을 걸어야 한다. 김시종은 나중에 '극좌모험주의'였다고 비판받게 되는 한국전쟁반대투쟁의 자신에 대해서조차 "목숨을 잃을 위험이 없는 안전지대 일본에서의 용자勇者"(『재일의 틈새에서』, 윤여일 역, 돌베개, 192쪽)였다고 씁쓸하게 말한다. 생각해보면, 그가 살아야 했던 패전 이후의 일본도 그랬다. '상징천황'이라는 새 안전지대를 얻은 천황과 그 상징의 옷을 입고 재건된 국가, 그리고 그러한 상징과 질서를 무저항적으로 수용하는 일본 민중의 평화, 그것은 어떤 거북함을 갖고 있지만 서로 말하지 않고 건드리지 않음으로써 유지되는 안전지대였다. 그 안전과 안정을 위해선 그에 반대하는 어떤 목소리도 부재한다는 듯 삭제해야 하며, 어떤 불화도 없다는 듯 동색으로 칠해져야 한다. 하얗게 화장된 천황의 목 아래 하얗게 칠한 '민주주의'를 붙여놓고는 스스로 평화를 지키는 선량이라고 믿는 사람들이 단지 정치가들만은 아니다.

『일본 풍토기』(1957)에 수록된 「도로가 좁다」는 이 채색된 평화 속에 존재하는 일상의 불화를 드러낸다. 출근길의 아침에 쓰레기차가 쓰레기를 치우는 작업을 하고 있다(일본에서는 쓰레기 수거를 아침에 한다). 좁은 도로로 인해 추월도 하지 못한 채 느리게 가는 쓰레기차, 그 차에 막혀 '빵빵' 클랙션을 계속 울려대는 출근길 버스에는 일장기가 꽂혀 있다. 마침 천황이 오사카에 온 날이라 특별히 버스마다 일장기를 꽂아놓은 것이다. 천황의 깃발을 꽂은 버스와 쓰레기차가 좁은 도로에서 만나고, 양자를 잘 분리해주던 벽이 갑자기 사라진 그 지점에서 숨어 있던 불화가 요란한 클랙션 소리로 드러나고 있다. 오사카의 일상이 이렇듯 천황과 소음 속에서, 갈등 속에서 만나고 있는 것이다.

불화와 갈등이 삭제된 '평화'와 하얗게 칠해진 '민주주의', 바로 이것이 안보체제에 편입된 일본의 '군사적' 역할을 수월하게 수행토록 해준다. 그래서인지 이 안온함에서 김시종은 많은 스키객의 배낭이 군용배낭으로 변하고 늘어선 스키가 총칼로 변해 이동하기 시작하는, 일본인에게 전할 수 없는 어떤 공포를 예감한다(『재일의 틈새에서』, 163쪽). 그 안온함 속에 악의는 없다. 다만 무관심과 무자각이 있을 뿐이다. 그렇기에 안온함의 벽이 무너지면 언제든지 일본 민중은 무저항적으로 총칼을 든 모습으로 변화할 수 있을 것이다. 김시종은 시로 벽에 기댄 그 안온함 속에 충돌과 마찰, 불화와 갈등을 불러들인다. 이로써 시는 '무기'가 되고, 시를 쓰는 행위는 '정치'가 된다. 안온함이나 익숙함과 대결하는 그의 시들이 언제나 정치적이라고 말할 수 있는 것은 이런 의미에서다.

화석의 여름 化石の夏

| 화석의 여름 |

예감

밤의 정적을 깨고 전화가 울린다
누군가 긴급함을 알리는데도
거리의 창문은 입을 다물고 있다

바로 어제
그 거리를 빠져나가는 나비를 보았다
혼잡 속을 꽃잎처럼 누비며
바짝 깎은 가로수 드러난 목덜미를
망설이듯 넘어갔다

한낮이 한창일 때도
목소리는 도처에서 막혀 있을 뿐
그것이 단숨에 오그라들어
목소리는 오히려 지워지고 말았다
말해도 말해도 결국엔 입을 다물 수밖에 없는
환한 빛 속의 침묵이었다

그것은 분명
새하얀 의지의 꽃잎이었으리라
힘껏 휘저을 수밖에 없던 자의 전율
눈眼 속을 아직 지나가지 못한 채 떨고 있다

어느 창문 어느 구석에서
밤이 깊은데 때르릉
전화가 울린다

똑같다면

고국과 일본
나와의 얽힘이라면
거리는 모두 똑같다면 좋으리라

그리움과 견딤
사랑이 같다면
견뎌야만 하는 나라 또한
똑같은 거리에 있으리라

어제의 오늘이 지금이며
지금이 그대로 내일이라면
미래도 과거도 지금 이 순간 살아 있다 할 수 있으리라

세대가 바뀌고 시대가 변해도
습관 하나라도 들어맞는 게 있다면
이향異鄕에도 뿌리내리는 가향家鄕은 있었다
나 자신에게 말해도 좋으리라

멀리 있는 나라가 같다면
추석날 밤 보는 달도 같으리라
천 년의 소원을 비는 달맞이 생각하는 마음이 똑같다면

어떤 한 사람

네게는 반골이 있을 것이다.
부대끼며 올라타도
사무실에 있어도
사거리 한켠에 버려둔 머리가
아주 가볍게 거리로 튕겨 나와
요란한 패트롤카
자칫 권력의 추태를 일으킬 뻔하였다.
어디에 어떻게 숨어 있어도
맨 몸은 맨 몸의 다툼만을 가질 뿐이다.
우람한 지프차 자위대에서 탈취하여
눈보라치는 세키가하라関ヶ原 산기슭 저편
종일 달릴 데까지 달려서
바람이 하자는 대로 눈발로 사라져
아스라이 졸음 몰려오는 아득한 창해滄海
때마침 뒤덮여가는 것은
가망 없는 아침이다.
입국 비자 따위 인연이라곤 없다
외국인등록증 혼자 뒤적이며
어디에 어떻게 감추어도
맨 몸은 맨 몸의 다툼만을 가질 뿐.
다시 동트는가 엷은 먹빛의 5시

섞여든 정신이 두개골 속에서 천천히 고개를 젓는
네게도 반골은 있을 것이다.

화신化身

설령 번데기에서 벗어나지 못한 나비가 있어
잔가지에 그대로 말라가고 있다 하여도
날개는 점차 반신半身인 채 바람과 뒤섞여
주변에 비상飛翔을 꽃가루처럼 흩뿌리며
이파리 뒷면에서 스러지고 있으리라

그리하여 나비의 부스러기는
이미 나비이기를 바라지 않는다
춤도 치장도 모두 스스로 놓아버리고
흔들리는 대로 그 자리에 눌러앉아
오로지 자신의 입정入定을 응시할 뿐

위용偉容 있는 표본의 진열로부터도
아이가 치켜든 곤충채집망 정서情緖로부터도
비상의 화신은 고집스레 입을 다물고
그저 나비일 수 있었다는 것만으로 말라간다
소리 하나 떨리지 않는
허물 그대로

얼룩

얼룩은
조짐의 징표
어디에서건
일단 스며들면
한 점 명확한 의지로 자리를 차지한다

얼룩은
꾸밈을 좋아하지 않는다
그 자체 오점汚點 같은 처우에
얼룩 자신의 내력이 동조하지 않음이다

얼룩은 흔적이 압축된 신념
오로지 배어든 표상에 집착하고
거렁뱅이의 개선을 비웃으며 산다
강조는 이렇게 말없는 것이기도 하다

그리하여 얼룩은
한 패가 되는 시작이기도 하다
뜻밖에 바로 지척에서 섬산을 빼며
동공의 한 점을 거뜬히 빼앗는다

다투어 치솟는 집들 사이에서라면
결국 종유鍾乳의 물방울이라도 되리라
어쩌다 거꾸로 융기하고
도시의 괴사壞死에는 통각痛覺조차 가닿지 않는다

얼룩은
규범에 들러붙은
이단異端
선악의 구분에도 자신을 말하지 않고
도려낼 수 없는 후회
언어의 밑바닥에 가라앉히고 있다

화석의 여름

돌인들 마음속에선 꿈을 꾼다.
사실 내 가슴 깊은 곳에는
여름날 터져 나온 저 아우성
운모 조각처럼 응어리져 있다.
돌이 된 의지가 부서진 세월이다.
양치식물이 음각을 새긴 것은
돌이 품어 안은 고생대의 일이다
군사경계선처럼 잘록한 지층에는
지금도 양치식물이 태고의 모습으로 휘감겨 있다.
꿈마저도 거기에서는
화석 속 곤충처럼 잠들어 있다.
그 돌에도 스치는 바람은 스쳐간다.
그리하여 어느 날 그야말로 뜻밖에
탄화한 씨앗이 싹틔운 가시연꽃의 살랑거림이 되어
오랜 침묵을 한 방울 목소리로 바꾸는 바람이 된다.
그늘진 계절은 그렇기에
바람 속에서 번져나간다.

가장 멀리 서있는 한 그루 나무에
하루는 소리 없이 꼬리를 끌며 사라져갔다.
새가 영원의 비상을 화석으로 바꾼 날도

그처럼 저물어 덮히었으리라.
몇 만 날이나 되는 태양의 그늘에서
만날 수 없는 손手이 아쉬운 석양을 사투리로 가리우고
말더듬는 자의 등 뒤에서
바다는 하늘과 가만히 만났다.
더 이상 입멸入滅의 때를 우리는 갖지 않는다.
일체의 반목이 불에 타올라
연홍색으로 엷어지는 어둠의 침잠을 우리는 알지 못한다.
체념은 시커멓게 돌로 돌아가
바로 그 돌에 소망은
한 장 꽃잎으로 들어가 박혀야 한다.
생각해보면 별인들 돌의 가상假象에 불과한 것.
화구호火口湖처럼 내려선 하늘 깊숙이
홀로 남몰래 가슴의 운모를 묻으러 간다.

여기보다 멀리

내가 눌러앉은 곳은
머나먼 이국도 가까운 본국도 아닌
목소리 움츠러들고 소망은 어딘가 흩어져버리는 곳
기어올라도 시야는 열리지 않고
빠져나가도 지상이라고는 내려서지 못할 곳
그런데 어떻게든 그날그날 살 수 있고
살 수 있다면 그것이 삶이라고
한 해를 한데 묶어 일 년이 다가오는 곳

거기선 모든 것이 너울져 떠들어대고
소식 끊긴 여기에는 바람 한 점 없다
그래도 여전히 흔들리고 있는 것은 나이기에
바람은 어쩌면 마음 밑바닥 살랑거림일지도 모른다
말하자면 내가 끝없는 희구의 요람인 것이다
내가 흔들리고 내가 흔들며 기르는 나를 내가 기다린다
그렇게 시절은 내게서 멀지만
나에게서 지금이 그리 멀리 있는 것도 아니다

애당초 눌러앉은 곳이 틈새였다
깎아지른 절벽과 나락의 갈라진 틈
똑같은 지층이 똑같이 푹 패여 서로를 돋우고

단층을 드러내고 땅의 갈라짐이 깊어진다
그것을 국경이라고도 장벽이라고도 하고
보이지 않기에 평온한 벽이라고도 한다
거기에서는 우선 아는 말이 통하지 않고
촉각의 꺼림칙한 낌새만이 눈과 귀가 된다

내가 눌러앉아버린 곳은
백 년이 그대로 생각을 멈춘 곳
백 년을 살아도 생각에 잠기는 날은 아직
어제인 채로 저무는 곳
고국에서 멀리 이향異鄕에서 멀리
그렇다고 그렇게는 떨어져 있지도 않은
되돌아오기만 하는 지금 있는 곳
여기보다 멀리, 좀 더 여기에 가까이

어떤 마지막

부질없이 신경을 곤두세우지 않고
품어 안은 울분의 파동으로
까칠한 너의 기백을 멀리한다

공중의 버들가지처럼 반짝이는 것은
오로지 너를 향한
나의 냉열冷熱

눈을 부라리며 다그치지 않아도
움츠러든 눈초리 그대로
너는 거기서 충분히 숨이 끊어져 있다

이미 기화氣化된 신음소리
밤의 정적 조금도 떨림 없이
햇살에 숨이 끊긴 네 아우성을 바라본다

거스름 없이 복종케 하려면
눈에 띄지 않게 곤두서게 해야 하지
결말은 저절로 지어지는 법

석양이 스미는 것은 어떤 창문이든 좋다고야 할 수 없지

네 눈동자 속에서 저물고 있는
지는 해가 나의 눈에는 붉다

운명 또한 나이를 먹은 것이리라
너의 사나움도
나의 창문에서 거무스름해지리라

너는 이제 거기서 마음을 다잡고 있으면 된다
머지않아 손발도 꿈틀거릴 것이다
굳이 피를 볼 것도 없으니

자문自問

계절은
회전무대의 장식
풍경 속에 묵묵히 선 한 그루 나무처럼
거기 계속 있는 것 말고는 의미가 없다
자신의 생각을 투영한 듯
의미연意味然하는 자연으로부터는 물러서야 한다

세월은
우주의 구멍에서 새어나온 바람자국
비명悲鳴이 되어도 가 닿지 못하는 뒤엉킨 인류의 말처럼
바람의 발길은 흔적이 없다
사구砂丘를 비트는 바람의 문양처럼
확실하게 새겨져서는 안 된다

제례는 말하자면
사라져가는 것들을 위한 향연
꽃이 피면 끝나는 대나무처럼
모름지기 과거를 지금에 모셔다 축하한다
원자로의 푸른 불꽃처럼
거기엔 결코 미래가 있어선 안 된다

호랑이의 풍경

이제 아주
보는 일에 싫증이 나버렸다
그 강한 벵골 호랑이마저
우리檻 안에 두고 보는 것의 불감증

지쳤다는 이유는 아니다
거기서 꿈틀대고 있는 것 모두가
호랑이 생존과는 관계없기 때문이다

두세 번 가벼이 뛰어올라
웅크린 몸 천천히 뒤집는 순간
나이치곤 뜻밖에
공중제비를 돌다 벌렁 나자빠졌다

푸념할 만큼의 무료함도 없이
다시 끝없는 타원을 그린다
그래도 사나운 발톱은 숨을 죽이고
나긋나긋한 발에 질풍의 의지가 휘감겨 있다

바람을 말아 올리며
흑인들이 허들을 뛰어넘어 갔다

그에게도 있을 터인 들판의 기억이지만
이제 더 이상 상기할 수 없는 약동이다

그저 가끔
주위를 둘러보고는 눈을 감는다
한정된 공간에서도 아득히 먼 영상이 되어
정글은 조용히
내던져진 사지로부터 멀어져간다

조선에도 있었던 호랑이였다
여기서 쇠약해져서는 안 된다는 그의 고집이
자꾸 오륜 경기景氣에 들여온 호랑이 행방을 궁금해 한다
단 한 번도 송곳니를 드러낸 적 없는 남자가
김빠진 방에서 늘어진 다리를 비벼대고 있다

불면

메말라 있다
꿈에서마저 일상이 넘쳐나서는
굳이 눈뜰 것도 없는 나날이다

차라리 잠일랑 내팽개쳐두고
꿈은 눈뜬 채 꾸기로 하자
서서히 다리가 길어져
촉수처럼 흰 뿌리가 그 끝에서 내려오는
겨울 양귀비다

얼어붙은 냉기에도 아랑곳 하지 않고
어둠을 깨고 꽃받침을 세워
밤보다 짙은 화관花冠을 이슥한 밤에 새긴다

누구에게 보일 것도 아닌 꽃이 핀다
아득한 나의 지조 속에서 피는 것이다
하다못해 그저 굴거리나무[1]만큼의 삶은 되고 싶었지만
주의도 사상도 완고한 고집도
모노크롬으로 한층 선명할 뿐이다

1. (역주) 일본에서 신년이나 축하의 장식물로 쓴다.

역시 메말랐다
꿈이 메말라 그리 주름진 게 나이
그리하여 후회는 밤눈에도 하얗고 푸르스름하다

이제 빛이 아침일 까닭은 내게 없다
얼어붙은 뿌리가 설령 교목喬木[2]을 키웠다 해도
내게 신기함은 되살아나지 않는다
바람이 밤새 달리고 나무들은 목청껏 소리를 지른다
소리 없이 꽃술을 흩고 색깔 없는 꽃이 내 안에서 흔들린다

반목反目은 잠 못 이루게 하는 인광燐光[3]이다
나무 밑동에 주저앉아 눈을 껌뻑이고 있는 건 바로 나다
흘려보낸 꿈이 밤의 심지에서 말똥말똥 보고 있다

2. (역주) 높이가 3미터 이상 되는 나무.
3. (역주) 빛의 자극을 받아 빛을 내던 물질이, 그 자극이 멎은 뒤에도 계속하여 내는 빛.

넋두리는 영영

이제 믿을 것이라곤 없는 세상이니까
오늘은 오늘로 식은 채 보내기로 하자
가시나무에 둥지 튼 새처럼
가시에 둘러싸여 숨 돌리고
시선을 모으며 오로지 기척에 예민해진다
그런 날들을 나도 가시 틈새로 지켜보리라

번데기도 나뭇가지에서 부화하니
좀 슬며 떠안는 소생蘇生도 있다고
조금은 물든 황혼의 자신에게도 말해보자
그리고 그것은 목청높인 사랑이었다고
목쉰 채 이제는 나부끼며 가버린
아득한 함성을 가만히 듣자

터져 나온 것은 모두
꽃도 씨도 침묵 속
누군가 그때 거기서 귀 기울이고 있었다 하자
조금은 울려 퍼지는 빛 속에서
바라보고 있던 것이 실은 보고만 있던 나였다 하자

허물 벗고 가버린 시대였다 해도

연緣은 지금도 골목 끝에서 터져 나온다고
말한 네가 그래도 거기 있었다고 하자
아니, 처음부터 거기엔 있어야 할 사람이 없었다고 하자

입을 다물고
눈을 감고
뿌리마저 드러낸 하얀 히아신스
창가에서 내가 어둠이 되리라

산

이런 밤 뱀은 어찌 지낼까

비 오는 날
바람 부는 날
낙담한 날
뱀은 어디서
어떻게 대가리를 치켜들고 있을까

마을이 부서진 날
불길에 쫓기던 날
마음이 허기져
급기야 친구가 미쳐버린 날
책상 귀퉁이에서 정리해고를 견딜 때
어머니의 얇은 편지 던져둔 채 바라볼 때
아내가 입을 다물고
나라가 까닭 없이 멀어질 때

뱀은 어찌 지낼까
번득이는 눈알로 어딜 주시하고
빨간 혓바닥으로 어떤 낌새를 뒤지고 있을까

진정되지 않는 이 깊은 밤
수많은 뱀을 품어 안아
물린 대지의 독은 없는가
산이여

상喪

아직 이른 봄바람이
서리 맞은 들판을 훑고 지나간다
대도시 낭떠러지에 거스러미가 일고
희미한 무언가에 퍼덕퍼덕 부딪혀
닫힌 창 비스듬히 뛰어올라 몸을 뒤로 젖혔다

계절은 바뀌어도 내겐 똑같은 이른 새벽의 바람
촛대의 불 불어 끄고
가만히 나무울타리 잔가지 흔들고 있던
저 쓸쓸한 조선의 아침 차가운 바람이다

소박한 살림도
소년인 나에게는 넉넉했다
바람에도 구덩이는 감싸여 있고
이른 봄은 발그레 거기 모여 떠들고 있다
가지 끝 스치며 내리쬐는 반짝임이 있고
낯선 세계의 빛조차
이내 그 하늘 바로 위에서 비치고 있다

회천回天도 그렇게 내리쬐는 반짝임의 바람
홀린 듯 마을사람들 숲길을 달려 나가

시가지의 파도로 흩어진 목숨 업혀 돌아왔다

해방되었을 터인 제 나라에서
멀리 나지막이 초혼招魂의 주문만이 목구멍을 쥐어짜고
드디어 깊은 밤의 정적을
토막 난 바람이 불어와 여운을 남겼다

그 후 봄은 언제나 바람 속에서 떨고 있다
설령 꽃봉오리가 부풀어도
도시의 물결 사이 떠돌다 가는 것은 바래진 음화陰画의 장례행렬

만장은 펄럭펄럭 그림자 그림처럼 너풀거리고
언제 끝날지 모르는
낯익은 하늘 끝 한 점에서 펄럭이며
'재일'은 필경
방랑 끝 먼 풍경이다

이카이노 다리

아버지는 손을 붙잡힌 채 건넜다
여덟 살 때.
나무 향香마저 풋풋한 다리
흐르듯 수면에 별들이 떨어져 있었다.
눈부시기만 했던 다리 옆 전등의 일본이었다.

스물둘에 징용되어
아버지는 이카이노 다리를 뒤로 하고 끌려갔다.
나는 갓 태어난 젖먹이로
밤낮이 뒤바뀌어 셋방 사는 어머니를 애먹였다.
소개疎開 소동도 오사카 변두리 여기까지는 오지 않고
저 멀리 도시는 하늘을 그슬리며 불타고 있었다.
나는 지금 손자의 손을 잡고 이 다리를 건넌다.
이카이노 다리에서 늙어 대를 잇고 있지만
지금도 더러운 이 강물 가는 곳을 모른다.
어디 오수汚水가 여기에 고여
어느 출구에서 거품을 내는지
가 닿는 바다를 알지 못한다.

그저 이카이노를 빠져나가는 것이 꿈이었던
두 딸도 이젠 엄마다.

나도 여기서 마중 나올 배를 기다리며 늙었다.

그래도 이제 운하를 거슬러 하얀 배는 찾아오리라.

좋잖아 오사카

모두가 좋아하는 오사카 변두리 끝 이카이노.

이룰 수 없는 여행 1

— 절벽

돌아보았기에
나도 돌아보았다
희미한 연기가 한 줄기
언덕 저 멀리 올라오고 있을 뿐
무얼 보았으랴 싶은 말馬의 무심한 눈에
보랏빛 좌선초坐禪草 한 송이
흔들림 없이 말뚝 밑에 피어 있었다

내키지 않았기에
나도 발길을 돌린 것이다
숲길에 완만하게 삼켜져
숲은 흡사 멀어진 함성의 품속 같았다
돌아보아도 그림자 하나 없이
어디, 어느 방향인 것인지
구름 한 점 바로 위에서 무디게 빛나고 있었다

길을 잃은 것도 아니기에
절벽은 납득할 만한 종지부였다
내가 다다르고 되돌아올 수밖에 없는 곳에 내가 온 것이다
정처 없는 함성 그 울림이
방향을 바꾼 것도 아마 여기였을 듯

거기서 또다시 등을 돌려야 하는
그저 되돌아올 뿐인 나였다

나는 분명 누구로부터도 먼 곳으로 와버렸다
이대로 몸을 온통 산개미에게 털린다 해도
필경 자신에 대한 물음에 지나지 않는 것이 말言임을 알았다
돌아보니 참새 떼가 덩어리진 소리처럼 넘실대고 있다
말馬에게 아마 저 소란이 가닿았으리라
같은 모습 같은 고요함 속에서도
고향이, 이향異鄕이 분별할 수 없는 침묵을 끊임없이 불러내고 있었다

이룰 수 없는 여행 2

— 공석空席

그와는 우연히 한 차에 탄 사이
서로 모르는 채 같은 방향으로 가고 있었다
찾아간 곳에서 기다리고 있는 것과
더 가지 않으면 다다를 수 없는 것으로
버스는 삐걱대고 덜컹거렸다

누군가 탈주를 계획했던 것이다
도시는 꿀을 부르는 벌통
선택은 항상 끌려 다닐 뿐인 집착
말하자면 그로선 무리 짓기 또한 의지력이다
그렇게 거리는 몰려드는 이들로 솟구치고 있었다

지금 변화는 수평이동 중이다
거리를 빠져나왔다지만 그 또한 거리로 간다
풍경은 그저 감흥 없이 창가를 떠돌고
그도 버스도 오로지 종착지로 가고 있었다
그의 결말은 이 버스의 종점에서 기다리고 있었다

그가 가방을 열었다
007가방에 손때 묻은 시간표와
영업일지에 끼워놓은 금전 명세서가 접혀 있었다

생각 끝에 그는 길게 연기를 토하고
토하다 못해 뱃속의 내장까지 가방 속에 쑤셔 넣는다

성과는 항상 돈 마냥 모자라고
도시락은 점심때 그대로 값싼 술에 엉겨 미끈거린다
이미 말言葉마저도 녹아 침전되어버렸다
그의 손짓은 창문을 열어 달라 나를 재촉하고
흔들리는 육교는 내 귓속에서 욱신거린다

이윽고 그는 몸을 날릴 것이다
종점에 주인 잃은 가방만 남아
그리고 가방은 유실물이 되는 일도 없으리라
옆에 있어도 모르는 사람은 있어도 없는 사람이지
그러자 피부에 소름이 돋고 비로소 공석이 바로 내 옆자리를 차지한다

빨간 매직으로 그어진 우회하는 열차 한 대
낡은 벤치에서 저녁 무렵 때를 기다리고 있다
다시금 누군가, 그래 동석인 네가 곧 내 곁에서 없어지리라
되돌아간들 어차피 마을로는 아무도 돌아가지 않는다
지금 막 다음 버스는 나의 뇌장腦漿을 빠져나간 참이다

이룰 수 없는 여행 3
— 돌아가다

그럼 다녀오기로 하자
메워질 리 없는 거리의 간격
찬찬히 더듬어 지켜보기로 하자

먼 곳을 바라볼수록
석양은 어김없이 산 끄트머리에 걸리고
그 너머 구름 끝에도
해가 푹 잠긴 바다가 있기에
단숨에 내달려 무엇이든
나는 넘어가버리곤 한다

풍토마저 세월에게 못 이기는 것일까
줄곧 울던 솔바람마저 이미 성황당에서 속삭임을 그쳤다
내게서 도망친 세월은
그래도 원경遠景이 되어 매달려있지만
그걸 알기에 망향望鄕으로 쑤시는 나처럼 말이다
그렇게 모든 것은 시야에서 사그라졌다

역시 나가봐야겠어
누렇게 퇴색된 기억마저 뒤엉켜
어쩌면 지금도 거기서 그대로 바래고 있을지 몰라

숲은 목 쉰 바람의 바다
숨죽인 호흡을 엄습해
기관총이 쓰러뜨린 광장 그 절규마저 흩뜨리고
시대는 흔적도 없이 그 엄청난 상실을 싣고 갔다
세월이 세월에게 버림받듯
시대 또한 시대를 돌아보지 않는다

아득한 시공이 두고 간 향토여
남은 무엇이 내게 있고 돌아갈 무엇이 거기에 있는 걸까
산사나무는 여전히 우물가에서 열매를 맺고
총탄에 뚫린 문짝은 어느 누가 어찌 고쳐
어딘가 흙더미 속에서 아버지, 어머니는 흙 묻은 뼈를 삭히고 계실까
예정에 없던 음화陰画 흰 그림자여

어쨌든 돌아가 보는 거다
인적 끊어진 지 오래인 우리 집에도
울타리의 국화 정도는 씨가 이어져 흐드러져 있으리라

비어 있던 집 빗장을 풀고
꼼짝 않는 창문을 달래어 열면
갇혀 있던 밤의 한구석도 무너져
내게도 계절은 바람을 물들이며 오리라
모든 것이 텅 빈 세월의 우리檻에서
내려앉는 것이 켜켜이 쌓인 이유임도 알게 되겠지

모든 것이 거부당하고 찢겨버린
백일몽의 끝 그 시작으로부터
괜찮은 과거 따위 있을 리 없다
길들어 친숙해진 재일에 눌러앉은 자족으로부터
이방인 내가 나를 벗고서
가당은 나라의 대립 사이를 거슬러갔다 오기로 하자

그래 이제는 돌아가리라
한층 석양이 스며드는 나이가 되면
두고 온 기억의 결으로 늙은 아내와 돌아가야 하리라

축복

올해도 연하장은 쓰지 않았다
새롭다 할 틈도 없이 해年는 오고
인사는 그대로
나라를 떠났을 때 그대로이기에

어느덧 말言까지 옷을 갈아입고 말았다
기수사基数詞마저 장롱 속 나프탈렌에 절어 있고
인사 한 마디 여기선 이미 겉치레로만 건네진다
그리하여 친한 친구일수록 말이 없다

썩은 낙엽 밑에서 쉬는 대지처럼
수북이 쌓인 연하장 아래 잠들어 있는 것은 나의 축복이다
떠밀려 숨어 있는 모어母語이며
두고 온 말을 향한 은밀한 나의 회귀이기도 하다

얼어붙은 나무껍질 뜨거운 숨결은
거품 낀 말로는 도저히 말할 수 없다

이 아침에

낮까지 전초前哨 경계를 끝내고
가시 돋친 주장은 어제의 일로 뭉뚱그려버리고
내친김에 이런저런 성가신 식견들 입 다물게 하고
지뢰가 목을 조르는 황토 위
검둥오리 일가가 새끼를 놓치지 않고 건너갈 수 있도록
쌍방이 길을 트고 지켜봐주고

이미 눈가의 파리조차 쫓아낼 수 없는
배가 부푼 아이들
헐떡대는 갈빗대를 대신하는 숨소리가 있고
쌔근대는 잠에서 불쑥 깨어나면
흘러넘치는 젖가슴
메마른 입술을 흠뻑 적시고

한나절을 꼬박 적셔주는 빗줄기와
초원을 달려온 다리 아른대는 물가 흰 구름의 교직交織
잎을 뒤집으며 무심히 나뭇잎 사이로 드는 볕을 쪼는 작은 새
그 동그랗고 작은 눈
염열炎熱의 대지는 끝없이
초록의 살랑거림으로 떠들고 있는 듯

살며시 창을 열어
무거운 발걸음 신년을 맞아들인다
얼어붙은 입술
문간의 고드름
적갈색 논밭
탑의 위용

풍습이기에 스며들기도 한다
그렇기에 싹트는 봄마저 파헤쳐진다
알뜰한 제물이 애처롭다
축하 속 봄은 이 땅에 가득하고
차례茶禮는 가만히 두루두루 빛에 안겨
쓸쓸한 차례가 한층 더 돋보이지 않을까 하고

이 아침 낡은 주문을 아지랑이에 흩뿌리니
염원할 수밖에 없는 자의 염원을 기도로 되돌리는
신에게 아니고 내일에게 아니고
언제라곤 없는 나 자신을 위함이 아니고
그래도 두 손을 모으지 않을 수 없다
정적의 밑바닥 그 목소리 아닌 목소리의 숨결에게

후기

나는 아직도 일본어로 시를 쓰는 것의 무력감에서 완전히 벗어나지 못하고 있다. 최근 십 년, 사회주의권의 붕괴 또한 나의 삶을 흔들어 놓았고, 시를 쓸 기력을 감퇴시켰다. 모든 것을 다시 생각하면서 정리해야 할 필요에 쫓기고 있다. 우선은 빼기지 않는 작품집이라도 시작하자는 생각으로 단편적인 시집을 엮어보았다.

수록된 작품의 대부분은 신문이나 잡지에 띄엄띄엄 발표한 것들이지만, 발표지명은 민망하여 밝히지 않으려 한다. 씌어진 시기도 각기 다르지만 제재의 맥락 또한 제각각이다. 통상 나는 청탁받고서야 시를 썼는데, 무엇보다 이 태만한 불손함에서 먼저 벗어나야 할 것 같다. 이 정도로 소박하게 생각하고 있다. 노력해서 쓰려고 마음먹고 있다.

1998년 9월, 태풍 5호가 온다고 소란스럽던 날

김시종

| 옮긴이 후기 |

단층斷層의 지대에서 만난 화석의 여름

심아정

0. 모든 것의 시작 — 니이가타에서 『니이가타』를 읽다

2015년 어느 겨울밤이었다. 니이가타新潟가 출몰한 것은. 오키나와에서 온 예술가 사카다 기요코阪田清子를 서울에서 만났을 때였다. 그는 고향인 니이가타를 떠나 오키나와에 이주해 살면서 처음으로 경계에서 살아가는 불확실한 존재를 사유하기 시작했다고 말해주었다. 니이가타? 나는 그에게 대뜸 김시종의 장편시집 『니이가타』를 읽어본 적이 있는지를 물었고, 그의 책장에도 그 시집이 꽂혀 있다는 반가운 대답에 시간 가는 줄 모르고 김시종의 시와 삶에 대해 이야기를 나누었다.

니이가타는 채 일 년도 되지 않아 다시 불쑥 나타났다. '니이가타에서 『니이가타』를 읽다'라는 프로젝트를 하게 되었다고 사카다에게서 연락이 온 것이다. 그는 사큐칸砂丘館이라는 미술관에서 김시종의 『니이가타』의 전문全文, 17,656자 위에 바닷물을 직접 길어 올려 만든 소금 결정을 하나하나 올려놓는 작업으로 〈대안対岸 — 순환하는 풍경〉이라는 전시를 하게 되었다며 와줄 수 있는지를 물었다.

うみべの風景 ／ A Seascape
塩の結晶　長篇詩集「新潟」：金時鐘 ／ Salt crystals, Collection of poems "Niigata" : Shijon Kim
インスタレーション ／ Installation
砂丘館 ／ Sakyukan

〈사진 출처: 사카다 기요코 홈페이지 https://www.kiyokosakata.com/works/〉

이전부터 김시종의 시 세계에 각별한 관심을 가져왔던 필자와 동료들은 일사천리로 니이가타행을 결심했다. 사카다의 작품이 궁금하기도 했고, 시인을 직접 만날 수 있는 흔치 않은 기회이기도 했기 때문이다. 무작정 떠난 그곳에서 우리는 사카다의 멋진 작품과 김시종 시인을 만났고, 니이가타의 친구들은 혀끝을 축복하는 사케와 소박한 요리로 우리를 환대해주었다.

사카다는 2015년 겨울에 오키나와로 돌아간 후, 자기에게 무슨 일이 일어났는지 이야기해주었다. 책꽂이에서 김시종의 시집을 꺼내 읽기 시작했는데, 예전에 읽었던 것과는 전혀 다른 강도로 읽혔고, 시를 읽는다는 경험이 하나의 '사건'으로서 그를 덮쳐와 새로운 작업을 하게 만들었다고 한다. 짧지만 강렬했던 만남들을 뒤로 하고 서울로 돌아온 우리는 의기투합하여 몇몇 시집을 번역하기로 했다. 우리는 그렇게, 『이카이노시집』, 『잃어버린 계절』, 『화석의 여름』, 『계기음상』이라는 언어의 바다로 구명조끼도 없이 뛰어들었다.

초벌 번역본을 들고 김시종 시인을 찾아갔던 2017년 여름의 쓰루하시鶴橋. 시인은 단골집에서 국밥을 사주시며 우리의 무모한 도전에 대해 완곡하고 너그럽게 수정을 요청하셨다. 지금 생각하면 그의 시에 압도되어 직역에 가까운 초역본을 들고 간 용기가 새삼 부끄러워져 얼굴이 다 화끈거린다. 그 이후 우린 일본어도 조선어도 아닌 시어들이 벌이는 '이물異物 간의 항쟁' 속에서 다시금 수정작업을 이어갔다.

김시종의 시를 통해 만난 하나의 소중한 계기는 시의 경관들 속에서 변용하는 나 자신에게 여러 물음을 던짐으로써 비로소 확보되는 '입장'이라는 것이 있음을 알아차린 것이 아니었을까. 언젠가 나와는 다른 '입장'을 확보한 사람들과 함께 마음의 주름을 서로 비추는 이야기의 장場을 만들어 보고 싶다는 소망도 생겨났다. 문학과는 연이 없는 나로서는 이진경, 카게모토 쓰요시, 와다 요시히로와 함께 하지 않았다면 엄두조차 낼 수 없었을 작업이자 경험이었다. 도중에 여러 가지 일을 겪으며 작업이 중단되었지만, 다시 시작할 기운을 차릴 때까지 묵묵히 기다려 준 세 친구들에게 고마움을 전하고 싶다.

1. 여름 — 계절의 시초이자 시원始原의 장소

김시종에게 계절은 여름에서 시작된다. 그는 어느 인터뷰에서 "나에겐 여름이 계절의 시초인 것 같다"고 말한 바 있다. "6월 6일은 그의 '상륙기념일'이에요." 그의 아내 강순희가 웃으며 말을 보탠다.[4] 4·3의 피바람을 피해 제주를 떠나온 김시종은 1949년 6월 6일, 밀항자로 일본에 상륙했다.

그의 시에서 여름은 기다리면 언제고 다시 돌아오는 계절이 아니다. 식민지 조선에서 태어나 '황국소년'으로 자란 그에게 느닷없이 해방이 들이닥친 때도, 이향異鄕을 가향家鄕 삼아, 아니 망명지를 혁명지로 살아내던 그로서도 관여할 수 없었던 한국전쟁이 시작된 때도, 휴전협정이 맺어진

4. 2014년 7월 10일자 마이니치신문 기사.

때도 모두 여름이었다. 그의 시에서 유독 여름이 마음의 심연에 고인 웅성거림으로 가득한 계절로 읽힌다면 그건 과잉된 짐작일까.

시인 자신이 "백일몽과 같았다"고 말했던 해방의 여름과, 그 해방을 미완의 것으로 만들어버린 분단의 여름은 시집 『화석의 여름』에 시집의 이름과 같은 제목을 붙인 시에 하나의 결정結晶으로 박혀 있다.

돌인들 마음속에선 꿈을 꾼다.
사실 내 가슴 깊은 곳에는
여름날 터져 나온 저 아우성
운모 조각처럼 응어리져 있다.
돌이 된 의지가 부서진 세월이다.
양치식물이 음각을 새긴 것은
돌이 품어 안은 고생대의 일이다
군사경계선처럼 잘록한 지층에는
지금도 양치식물이 태고의 모습으로 휘감겨있다.

—「화석의 여름」, 『화석의 여름』, 부분

운모 조각처럼 응어리진 여름날의 아우성과 화석 속에 잠든 곤충은 옴짝달싹할 수 없는 상황을 그 자리에서 굳어진 채로 살아내며 언제 끝날지 모를 지구전持久戰을 치루는 중이다. 그 한켠에는 양치식물이 가로막힌 시간을 휘감으며 이어가고 있다. 재일在日의 삶을 지탱하는 시간은 가로막힘 속에서 이어져왔기에 '세월' 속에 있어도 '세월'과는 다른 시간이다. 그래서 시인에게 세월은 '우주의 구멍에서 새어나온 바람'이고, 확실하게 새겨질 수 없는 시간이다.[5] 그래서일까. 한국전쟁과 분단을 거쳐 광주사태에 이르는 선형적인 시간이 빚어낸 역사 앞에서 그는 '거기에는 언제나 내가 없다'고 말한다.

기억도 못 할 만큼 계절을 먹어치우고
터져 나왔던 여름의 내가 없다.
반드시 그곳에 언제나 내가 없다.

—「바래지는 시간 속」, 『광주시편』, 부분

화석의 여름은 자연의 섭리에 따라 유유히 흐르는 시간으로 태연하게 찾아오는 계절이 아니라, 굳어져 응결된 고체의 물질성이 감도는 계절이다. 누구에게나 찾아오는 계절이 아니라, 밝은 빛을 거부한 지렁이가 온 피부의 촉각을 동원하여 더듬어 찾아가야 할 깊고 어두운 땅 속에서나 다다를 수 있는 계절인 것이다. 김시종의 여름들은 그렇게 어긋난 채로 이어지며 켜켜이 단층을 이룬다. 이어지고 끊어지길 반복하는 단층의 지대에서, 단층면은 이제까지의 시공간이 어긋나는 찰나이자, 동시에 그러한 탈구脫臼를 통해서만 끝없이 이어지는 계기가 되는 지점이기도 하다. 니이가타는 일본을 동북과 서남으로 이분二分하며 동시에 북위 38도선과도 포개어지는 단층, 포사 마그나Fossa Magna의 한쪽 끝에 위치한다. 재일의 삶이 가로막힘 속에서도 이어져온 시간들임을 생각할 때, 니이가타의 단층에 새겨져 응축된 그의 여름들은 시초의 시간이자 동시에 시원의 장소가 된다.

2. 틈새 — '머물러 있음'으로써만 확보되는 내파內破의 계기들

양치식물과 화석의 시대를 소환하는 시간성은 중력을 거스르는 벡터를 동반한다. 그의 시들은 연대기적 시간이나 '세월'과는 성질을 달리하는 시간성과 더불어 지질학적 특성을 이루는 '틈새'라는 장소성이 치밀하게

5. 「자문自問」, 『화석의 여름』.

설정되어 있다.

애당초 눌러앉은 곳이 틈새였다
깎아지른 절벽과 나락의 갈라진 틈
똑같은 지층이 똑같이 푹 패여 서로를 돋우고
단층을 드러내고 땅의 갈라짐이 깊어진다
그것을 국경이라고도 장벽이라고도 하고
보이지 않기에 평온한 벽이라고도 한다
거기에서는 우선 아는 말이 통하지 않고
촉각의 꺼림칙한 낌새만이 눈과 귀가 된다
—「여기보다 멀리」, 『화석의 여름』, 부분

'틈새'는 그저 평면을 가르며 이쪽과 저쪽을 구분하는, 가시화된 경계선이 아니다. 익숙한 감각을 뒤로 하고 촉각에만 의지한 채 온몸으로 바위를 뚫고 땅 속 깊이 틈입闖入한 지렁이 같은 자들이 마침내 다다른 그곳에서, 언제 끝날지 모를 지구전을 버텨냄으로써만 가까스로 생겨나는 미세한 협곡峽谷이기 때문이다. 시인은 어떤 모임에서 "압도적인 권력에 의해 인간의 생존이 좌우될 때, 그때 차마 흐르지 못했던 눈물이 땅속 깊은 곳으로 들어가 암염巖鹽이 된다"고 말한 바 있다.[6] 단단한 땅을 파고들어 암염이 된 눈물은 그 지점에 '머물러 있음'으로써만 내파의 힘을 담지하는 균열의 지대를 이룬다. 그렇다면 '틈새'는 소여所與된 '장소'가 아닌 치열한 틈입의 과정을 통해서만 비로소 확보되는 '장소성'에 가깝다.

6. 2016년 9월 27일 니이가타의 사큐칸砂丘館에서 열린 '김시종의 『니이가타』를 니이가타에서 읽는다' 테이블 토크.

불길한 위도는
금강산 벼랑 끝에서 끊어져 있기에
이것은
아무도 모른다.
나를 빠져나간
모든 것이 떠났다.
망망히 번지는 바다를
한 사내가
걷고 있다.

–「위도가 보인다 4」, 『니이가타』, 부분

김시종은 재일在日의 삶이란 차별과 편견에도 불구하고 계속 '거기에 있으려고 하는 것'을 전제로 하고 있음을 역설한다. 친근하고 그리운 모든 것이 떠나간 곳에서는 지도에 선명하게 그어진 위도마저 불길한 것이 된다. 스스로 확정불가능한 존재가 되는 곳. 그래서 '틈새'는 은유의 장소이기도, 구체적인 재일의 삶이 시작되는 장소이기도 하다.

3. 얼룩 — 서로를 드러내게 하는 김시종의 조선어

그리하여 얼룩은
한패가 되는 시작이기도 하다
뜻밖에 바로 지척에서 점잔을 빼며
동공의 한 점을 거뜬히 빼앗는다
(중략)

얼룩은

규범에 들러붙은

이단異端

선악의 구분에도 자신을 말하지 않고

도려낼 수 없는 후회

언어의 밑바닥에 가라앉히고 있다

–「얼룩」, 『화석의 여름』, 부분

얼룩이 '한패'가 되는 것의 시작이라면, 그것은 가장 가까운 관계를 단절시키는 역학인 '차별'을 무력화시키는 힘으로도 작동한다. 일본 공립고등학교의 교육사에서 처음으로 정식과목으로 자리 잡은 조선어 수업은 미나토가와湊川고등학교에서 시작되었다. 김시종은 이곳에서 조선어를 가르치면서 부락출신이건, 일본과 조선의 혼혈이건, 오키나와건, 조선이건, 한 부모가정이건 상관없이 모두 정체를 드러내고 학교를 다닌다는 점, 특히 신체장애인의 웃는 얼굴을 볼 수 있는 유일한 공립학교임을 적극적으로 평가하면서도, 동시에 '부락'과 '조선'의 문제가 결코 흔한 '차별' 안에서 동거할 수 없음을 문제 삼는다. '차별'을 공통시하는 이러한 사상에는 부락과 조선을 일반화하여 내부의 자주적 성찰을 무디게 만드는 회피가 있음을 지적하는 것이다.[7]

이른바 '양심적' 일본인들이 재일조선인과 마주하자마자 원죄의식에 사로잡히거나 격렬하게 일본의 죄과를 논하는 것의 맹점은, 재일조선인이 겪고 있는 모든 불행이 마치 일본에서 기인하기라도 하는 것처럼 그들의 경험을 평균화해버리는 안이함에 있다. 이때 일본인과 재일조선인은 서로 자기를 드러낼 필요가 없어진다. 일본인 혹은 재일조선인이라는 '총체로서

7. 김시종 지음, 윤여일 역, 『재일의 틈새에서』, 돌베개, 2017, 233, 282쪽.

의 자기'를 말하는 것만으로 충분하기 때문이다. 재일조선인의 역사성을 '차별' 안에서만 받아들이려 하는 수동적인 조선인상은 미나토가와고등학교에서도, 그리고 김시종의 시에서도 부서진다.

그와는 우연히 한 차에 탄 사이
서로 모르는 채 같은 방향으로 가고 있었다
찾아간 곳에서 기다리고 있는 것과
더 가지 않으면 다다를 수 없는 것으로
버스는 삐걱대고 덜컹거렸다
(중략)
이윽고 그는 몸을 날릴 것이다
종점에 주인 잃은 가방만 남아
그리고 가방은 유실물이 되는 일도 없으리라
옆에 있어도 모르는 사람은 있어도 없는 사람이지
그러자 피부에 소름이 돋고 비로소 공석이 바로 내 옆자리를 차지한다

—「이룰 수 없는 여행 2—공석空席」, 『화석의 여름』, 부분

옆에 있어도 모르는 사람은 있어도 없는 사람이다. 그러나 역설적이게도 누군가 그 부재不在를 인식할 때, 그들의 존재는 처음으로 드러난다. 이렇듯 '비어 있음'은 '있음'의 또 다른 양상이다. 하지만 공석公席을 통해 처음으로 존재하게 되는 사람들의 부재를 '범주'로만 다룸으로써, 범주를 존재 자체 혹은 삶 자체로 이해하려들 때, 존재는 삭제되고 범주만 남게 된다. 부락민의 죽음, 재일조선인의 죽음, 장애인의 죽음, 트랜스젠더의 죽음 등으로 대중 앞에 등장하는 사람들의 삶은 범주로 환원되어 또다시 구체성을 잃고 만다. 범주로 환원되지 않거나 설명될 수 없는 삶들이 누락되고 마는 사태다.

어떤 존재에게 '시간성이 있다'는 것은 특정 이미지, 특정 순간의 모습으로 그 존재의 일평생을 판단하거나 재단하지 않고, 시간에 따라 그 존재가 '변화'를 겪고 '관계'를 맺으며 살아감을 인식한다는 뜻이다. 민족, 국적, 젠더, 성적 지향 등을 대체로 변하지 않는 현상으로 간주하는 사회에서는, 존재의 온전함은 고사하고 존재의 시간성까지도 박탈당한다. 이들이 살면서 겪는 다양한 경험들이 시간 속에서 해석되지 않기 때문이다.[8] 그렇다면 내 옆자리의 공석을 인식하는 건 어떻게 가능할까?

전후 고도경제성장으로 상징되는 일본이라는 시공간에서 미나토가와고등학교의 조선어는 옆에 있어도 몰랐던 서로의 존재를 드러나게 만드는 하나의 기제로 작동했다. 시인은 1970년대 당시의 일본에서 조선어 교육이 갖는 가치에 대해, "그것은 상처 입은 측이 내미는 우정을 볼 수 있다는 점에서 가장 인간적인 행위일 것"이라고 말한 바 있다. 서로 무관하다고 여겨 박탈당하고 있던 서로의 존엄도 거기서 함께 찾아낼 수 있기 때문이다. 오욕으로 얼룩진 조선어가 다시금 일본인을 만나, 그것도 저변을 살아가는 일본의 젊고 상냥한 영혼들에게 속삭이는 것은 표현할 길 없는 감동이었다고 시인은 말한다.[9]

조선어 자체는 당시 전혀 실리가 없는 언어였다. 사회 저변에서 허덕이는 사람들일수록 슬프리만치 실리에 밝다. 사회적으로 소외당하고 무시당할수록 사회의 통념에 집착하기 때문이다. 그렇다면 김시종의 조선어는 바로 그 '통념'에 도전하는 하나의 발견이라는 의미를 갖는다고 말할 수 있지 않을까?

8. 루인, 「죽음을 가로지르기」, 『퀴어페미니스트, 교차성을 사유하다』, 여이연, 2018, 176, 180쪽.
9. 김시종, 위의 책, 264쪽.

4. 조국 — 재일在日을 사는 이에게 돌아갈 곳은 어디일까

모든 것이 거부당하고 찢겨버린
백일몽의 끝 그 시작으로부터
괜찮은 과거 따위 있을 리 없다
길들어 친숙해진 재일에 눌러앉은 자족으로부터
이방인 내가 나를 벗고서
가닿은 나라의 대립 사이를 거슬러갔다 오기로 하자

그래 이제는 돌아가리라
한층 석양이 스며드는 나이가 되면
두고 온 기억의 결으로 늙은 아내와 돌아가야 하리라

―「이룰 수 없는 여행 3―돌아가다」, 『화석의 여름』, 부분

정치적으로 대립하고 있더라도 서로의 생활권과 삶이 얽혀 있어서, 입장이 달라도 떨어져 지낼 수 없는 '재일'이라는 움직일 수 없는 사실을 살아가는 것을 두고 시인은 '재일'이 이미 하나의 '조선'이라고 말한 바 있다. 그에게 고유의 문화권에서 끊어져 있는 '재일을 산다'는 것은 부채도 마이너스도 아니며, 조선에 없는 것을 길러내는 삶의 방식이기 때문이다. 그렇다면 '기억을 두고 온' 그가 돌아갈 곳은 이미 우리가 알고 있는 조선일 리 없고, 그 기억 또한 박제된 과거를 말하는 건 아닐 것이다. 과거로 회귀하는 방식으로 조선으로 돌아가는 것이 아니라, 재일이라는 현재로부터 되돌아가는 것, 그래서 새로운 어떤 것을 만들어내는 출발점으로서의 회귀. 김시종은 그의 여름들이 응축되어 굳어져 있는 그곳을 살아내며 동시에 회귀하려는 것이 아닐까.

김시종 시인과의 대담

일　　시: 2019년 7월 10일(수) 오후 5시

장　　소: 나라현 이코마역 인근의 술집

인터뷰어: 이진경, 심아정, 카게모토 쓰요시, 와다 요시히로

인터뷰이: 김시종, 강순희

이번에 세 권의 시집을 묶어 이렇게 책을 내면서 김시종 선생의 서문을 받으려 했으나, 안저출혈로 한쪽 눈이 거의 안 보이는 상태인 데다 약해진 건강, 그리고 『김시종 컬렉션』을 내면서 더욱더 바빠진 일정 등으로 인해 무리한 부탁이라는 생각에서, 그 대신 인터뷰를 하여 그것을 역자들이 정리해 서문 대신 넣는 게 좋겠다고 의견이 모였다. 그래서 "이코마에서 술이나 한 잔 하자"고 하셔서 찾아간 자리에서 갑자기 인터뷰를 제안했고, 선생께선 흔쾌히 수락해주셨다. 시작이 이랬기에 내용은 묵직해도 대화와 분위기는 가벼웠고, 농담과 웃음이 흘러넘치는 대담이 되었다. 유머에는 남을 낮추는 유머와 자신을 낮추는 유머가 있는데, 김시종 선생은 후자에 능한 분이었다. 덕분에 고지식하게 읽으면 어쩌나 싶은 부분도 있다. 그래도 소중한 말씀이었고, 생생한 분위기였기에 별다른 가감 없이 문장과 어투만 다듬어 그대로 여기 싣는다. 가볍게 하자고 해놓고 2시간 동안 물고 늘어진 옮긴이들을 기꺼이 받아주신 김시종 선생께 다시 한 번 감사의 인사를 드린다.

질문자: 첫 번째 질문은 리듬에 대한 것입니다. 『니이가타』 이전에는 그렇지 않았는데, 『니이가타』부터는 툭툭 끊어지는 식의 리듬이 등장합니다. 기존의 리듬을 바꾸시게 된 이유가 어떤 실험적 시도였는지요. 『이카이노시집』도 짧은 리듬의 연속인데, 『광주시편』부터는 또 다른 긴 호흡의 리듬이 등장합니다. 리듬을 바꾸시게 된 이유에 대해서 듣고 싶습니다.

김시종: 리듬이라는 게 말하자면 음절인데, 리듬은 일본말로 하면 단가나 하이쿠처럼 5·7·5·7·7의 음이라든지, 음자 숫자를 말하잖아요. 나는 태어나서 일제시대에 컸기 때문에, 내가 바란 것은 아니지만 말이야, 일본의 근대 시문학, 산문 같은 것을 어려서부터 많이 배웠어요. 아무래도 일본사람들이 가장 좋아하는 음률은 5·7·5조라고 하는데, 그것은 내 일본말의 음률이기도 합니다. 나를 내가 사는 나라에서 어긋나도록 키워낸 일본말이지요. 이 일본말에서 내가 이탈을 해야 되는데, 그렇지 않고서는 나의 해방이란 대체 무엇인가 하는 생각을 하고 살았어요. 말이라는 건 사람의 의식을 떠받치고 있는 것인데, 해방이 되어서 우리말을 약간 배우기도 했지만 내 의식의 밑바닥에 있는 것은 여전히 일본말이거든요. 그러니까 내가 조선사람으로서 살아야 하는데, 그로부터 어긋나게 한 일본말을 그대로 지속되게 가지고 있어서 내가 그걸로 표현을 하는 거죠. 그렇다면 내게 해방은 뭘까 하는 생각에서. 나는 내게 익숙한 일본어와 결별하고자 했어요. 일본어를 쓰면서 말이죠. 그래서 무엇보다 내게 익숙한 일본말의 리듬, 말하자면 익숙한 음률을 잘라버리자, 그것을 파괴하자고 생각했던 겁니다.

가령 『이카이노시집』에서 '나쿠테모 아루마치'(없어도 있는 동네)는 4음, 4음입니다. 나쿠테모 / 아루마치な,く,て,も / あ,る,ま,ち. 『니이가타』는 더 짧지요. 한 어절, 한 음절로 된 시행도 있으니까요. 왜 그랬냐, 우리에게도 그런 습관이 있을지 모르겠지만, 일본어는 어느 정도 문장 길이가 있어야 자연스레 읽힙니다. 그 자연스러움을 끊기 위해 『니이가타』에서는 일부러 시행을

짧게 끊었습니다. 눈에 보이는 대로 그대로 읽어지면 좋겠다고 생각해서 짧게 한 겁니다. 그럼으로써 일본의 통속적인 음률을 파괴한다, 또 보편적으로 일본사람들이 갖고 있는 음률에 따르지 않겠다는 생각을 표현한 거죠. 『광주시편』에선 시행이 다시 길어지지만, 그래도 자세히 보면 5·7·5조의 음률이 아닙니다.

'해방' 이후 저는 자기해방이 무엇인지를 언제나 생각해야 했어요. 일본말로 장성한 내가 일본말에서 해방되지 않고선 자기해방이란 없는 거지요. 나를 키워낸 일본말로부터 어찌하면 이탈할 수 있을까, 그런 문제의식이 거기 있는 겁니다. 일본사람들이 갖고 있는 보편적인 음율, 그게 말하자면 일종의 리듬인데, 그에 따르지 않는 일본말을 쓰게 된 겁니다. 그 리듬이라는 것은, 내가 사숙해서 개인적으로 은사라고 생각하는 오노 도자부로小野十三郎라는 분이 있는데, 『시론詩論』이라는 일제시대부터 쓰신 단장断章들로 된 책에 "리듬은 비평이다"라는 말이 있습니다. 그건 무슨 뜻인가? 보통은 생각하기 어려운 것인데, 일본의 리듬이라는 게 아주 무서운 거예요. 왜 무서운가? 사람들은 제각기 자기 인생관이 있고, 그건 개개인이 모두 다릅니다. 우리가 세계화를 같이 할 때에도 개개인의 인생관은 다르지요. 그런데 개개인의 인생관이 다른데도 불구하고 일본말의 리듬이란 건, 단가적 리듬으로 모두가 공통된 것입니다. 생각할 여지도 없이 말이죠. 가령 시마자키 도손島崎 藤村의 시 「야자 열매椰子の実」라고 하면, 일본사람이라면 생리적으로나 감정적으로나 감성적으로 그대로 빠져듭니다. 아주 보편적으로 아무 저항 없이 받아들입니다. 아주 익숙한 리듬 때문입니다. 아무 약속도 한 바 없는데 모두가 쉽게 소통하고 함께 공감합니다.

리듬이 무서운 건 그 때문입니다. "리듬은 비평"이라고 할 때, 그 말이 겨냥한 것은 바로 이것입니다. 사람의 사상이 정말 낡고 새로운지는 리듬에 의해서 표현이 됩니다. 사르트르도 말하지만, 세계관으로서는 맑스-레닌주의를 말하지만 일상에서는, 집에 돌아가면 왕이 되는 이들이 있습니다. 자기 마누라한테 손도 대고 말이야, 호랑이처럼 눈을 부라리고, 애들에게도 그러고. 어떤 사람의 심정이나 감성 같은 것은 그 사람의 표현입니다. 그게 그의 사상의 근원이 되는 것입니다. 그건 겉으로는 자기 세계관을 앞세우고 인텔리인 데다 머리도 좋지만, 그래도 저렇게 되는 건 감성이나 리듬 때문이에요. 리듬이라는 것은 거창할 것 없이 한 구절을 들으면 어느새 공감이 생겨나, 같이 공생공동이 되어버리는 거예요.

나는 부득이하게 일본에 오게 되었고, 살기 위해서 일본말로 글을 쓰게 됐는데, 그러면 나를 키워낸 일본말로부터 어찌하면 내가 좀 거리를 둘 수 있을까 할 때, 음률과, 일본의 공통적인 공감을 같이 나누는 일본어의 감각적 리듬과 대결하게 된 겁니다. 5·7·5조가 대신에 4·4조를 사용하거나 한 겁니다.

질문자: 선생님 시에는 동물과 식물이 많이 등장합니다. 그런데 동물과 식물 사이에 어떤 감각적 차이 같은 게 있지 않나 생각했습니다. 동물들이 등장할 때는 대개 유머가 넘치고 슬픔도 밝게 표현하는데, 식물들이 등장할 때는 비감이 느껴지는 경우가 많지 않나 싶었습니다. 만약 시인이 동물로서 말할 때와 식물로서 말할 때의 차이가 유의미하다면, 이 감각의 차이가 어디에서 오는 걸까. 이런 게 사실 궁금하기도 했습니다. 굳이 이런 면이 아니더라도, 선생님 시에서 인간이 아닌 것들, 비인간, 동물이나 식물이 등장하는 방식에 대해서 말씀해주시면 좋겠습니다.

김시종: 글쎄요, 어느 구절인가, 작품으로 떠오르는 구절이 있나요? 식물을 쓴 것과 동물에 대해 쓴 것의 차이 이전에, 동물이나 식물에 대해 쓸 때 저는 언제나 하찮은 동물을 끌어들이고, 식물도 그리 화려하거나 잘 알려진 그런 게 아니라 별게 아닌 걸 끌어들이지요. 가령 동물이라면 그리 큰 동물이 아니라 벌레 같은 거, 그런 거죠, 하찮은 게 주가 됩니다. 그것은

대체로 사람들이 시야에 두지 않는 그런 것들이지요. 사실 통상 일반적인 생활 속에서는 그리 화려한 꽃이나 큰 동물을 만나볼 기회가 별로 없지 않나요? 그리고 우리 서민의 생활이라는 게 햇빛이 총총 내리쪼이는 것이 아니고, 그늘진 데서 사는 사람들이 많아요. 따라서 내 작품에 등장하는 식물이나 동물 같은 것도 벌레같이, 그러니까 그리 크게 이름난 것도 아니고, 보통 눈에 그리 띄지 않는 그런 게 많아요. 우리말로 뭐라 하나 잘 모르겠는데, '오시제미啞蟬'라고 하는 암매미가 있는데, 이것은 소리를 내지 않습니다. 벙어리매미라고도 하는데, 그 '오시제미'를 보면 어머니 생각이 나요. 온 생애 동안 소리 한번 크게 낸 적 없고, 모든 걸 견디며 살아오신 어머니를 생각하면 언제나, 암매미, 소리를 내지 않는 벙어리매미가 생각나요. 일상생활에서 식물 같은 것도, 가령 흔히 보이는 수국이나 국화 같은 것도 말이야, 잘라버려도 내버려둬도 그대로 계속 피어 있단 말이에요. 언제나 일상생활에서 그늘진 생활을 하는 사람들의 눈에 띄는 것은 대략 그런 거 아닌가 생각합니다.

질문자: 저희가 어제 도시샤대학에서 토론회를 했어요. 도미야마 이치로富山一郎 선생님과 대학원생들도 있었고 자이니치(재일) 분들도 계셨는데, 어떤 젊은 자이니치 한 분이 김시종 시인의 시를 이미 알고 있었지만 엄두가 안 나서 펼쳐보지 못했다, 그런데 막상 펼쳐보니 자기가 생각했던 것만큼 무겁고 슬프기만 하지는 않았다고 얘기해주셨어요. 그런데 저희가 함께 시를 읽다 보니, 김시종 시인의 시는 자이니치만의 것이 아니다, 그러니까 자이니치라는 조건에 가두는 방식이 아닌, 다른 식의 독해를 할 수 있지 않을까 하는 생각을 했습니다. 자이니치이라든가 민족이라고 하는, 그런 틀에 갇히지 않고서도 읽을 수 있어야 하지 않나 싶은데, 이에 대해서 어떻게 생각하시는지 궁금합니다.

약간 다른 식으로 말씀드리자면, 한국에서 김시종 시인의 시를 언급하는 분들도 그러한데, 선생님의 시 얘기를 하면서 결국 자이니치에 대한 얘기를 하니까 시는 사라지고 자이니치만 남는 건 아닌가 싶었고, 그런 게 좀 안타까웠습니다. 시가 정말 아름다운데, 이 시의 감동 같은 것들이, 물론 관계가 없다고 해선 안 되지만, 자이니치로 축소되는 것은 조금 안타깝다는 생각이 들어서요. 자이니치의 삶을 경험하지 않고도, 또 그것을 연구하지 않고도 선생님 시는 충분히 감동적이라는 생각인데, 그런 점에서 선생님 시는 또 다른 강한 호소력을 갖는 것 같습니다. 그렇다면 어쩌면 자이니치라는 조건을 넘어가면서, 더 정확히는 넘나들면서 선생님의 시를 읽어야 하는 게 아닌가 하는, 어쩌면 외람될 수도 있는 생각을 했습니다.

김시종: 올해 4월 제주4·3연구소가 주최한 〈4·3과 경계 — 재일의 선상에서〉라는 포럼에서 호소미 가즈유키細見和之 씨가 나에 대한 보고를 했는데("일본으로부터 경계를 묻다 — 김시종 선생의 표현을 축으로"), 거기에서 그 또한 쓰고 있지만, 사실 작품을 쓰는 본인이 말하는 것은 좀 거북한 말이긴 한데, 저는 일본에 있는在一日, 일본에 멈추어 있는 사람으로서 작품을 쓰지 않습니다.

저는 부득이하게 여기에 있는 사람입니다. 부득이하게 여기에 있고, 여기서 살 수밖에 없는 입장에서 제 나라를 언제나 살펴보고 있어요. 일본에서 태어나서 사는 세대도 있지만, 그러면 본국과의 관계는 어찌하면 연계가 되는가? 그건 제가 1960년대 초에 '재일을 살다在日を生きる'라고 해서, 일본에선 지금 그게 무슨 상투어가 되어버린 말을 사용했어요. 이젠 매스미디어들도 '병을 살다', '환자를 살다' 같은 표현을 흔히들 씁니다.

'재일을 산다', '일본을 산다'는 것은 일본에 국한해서 사는 게 아닙니다. 일본이라는 경계를 언제나 넘어서는 것이, 그 경계를 드나드는 것이 '일본을 산다'는 것이고 '재일을 산다'는 것입니다. 그러니까 재일에 국한된 생활이 아니라 우리를 흔히 막고 있는 경계를 드나드는 삶, 그게 언제나 제가 작품을 쓸 때 갖고 있는 생각이지요. '일본사람', 경계를 넘지 않아도 되는 사람이 쓰지 못할 것을 쓴다면 그건 바로 이 때문입니다. 『등의 지도』에 수록된 동일본대지진에 대해서 쓴 시도, 말하자면 일본에서 기어코 조선을 의지적으로 살고 있는 내가 아니면, 항상 어디서든 경계를 넘어야 하는 사람이 아니면 쓰지 못할 비판적 작품입니다. 그런 점에 대해서는 지적해 주신 바처럼 제 시를 재일에 국한할 수는 없습니다. 『이카이노시집』 자체도 그래요. 재일 거주지 이카이노를 그리면서 이카이노가 왜 존재하는지, 그 삶 속에 있는 사람의 심정과 그 삶을 사는 이의 심상에 있는 세계는 어떤 세계인가, 그런 그림을 그리겠죠. 좀 어렵지만은 그게 있어서야 『이카이노시집』도 성립되는 것이니까. 이번에 세 권, 『이카이노 시집』하고 『화석의 여름』, 『잃어버린 계절』, 이렇게 세 권 나오죠?

일동: 『계기음상』까지 4권입니다.

김시종: 아, 실은 『잃어버린 계절』은 「계기음상」이 표제가 된 시인데, 그것을 잘 읽어주시면 제 시가 일본이나 재일에 국한된 것이 아니라 언제나 서로 얽혀 있는 것에, 일본과 일본이 아닌 것에 얽혀 있다는 것을 좀 더 이해하기 쉬울 거 같습니다.

질문자: 이렇게 부인 강순희 선생님도 나와 계신데, 강순희 선생님도 재일조선인 운동 속에서 만나신 거잖아요? 문학지 『진달래』를 함께 만드셨고, 『이카이노시집』의 「보이지 않는 동네」나 「아침까지의 얼굴」 같은 시에 보면, 재일조선인 여성의 모습이 아주 인상적으로 등장하는데, 재일조선인 여성들의 삶을 바라보는 김시종 시인의 관점이 있을 것 같아요. 어떠신지요? 어떤 인상적인 분이나 에피소드 같은 것이 있다면 말씀해주셔도 좋고요. 같이 활동하던 동료들 얘기도 좋을 거 같은데…….

시를 읽으면 아내가 자주 등장하고, 시에서 묘사된 걸 보면 사모님에 대한 애정 같은 게 강하게 느껴지던데, 그건 또 어떠신지요.

강순희: 아니지요? 아니에요.~ (일동 웃음)

김시종: 시를 쓴다는 것으로 인해 이렇게 부끄러운 얘기를 하게 되네. 아내 말이야, 아내에 대해서는 전혀 쓰지 않았다고 생각했는데…….

강순희: 없어, 없어요. 의식 밖에 있을 거예요, 나는. 시를 쓸 땐 내 얘기는 안 하죠.

질문자: 「나날의 깊이에서 2」나 「기다릴 것도 팔월이라며」 같은 시를 보면 '아내'에 대한 깊은 애정이 느껴지던데요. 『니이가타』에서도 아내는 아주 중요한 인물로 등장하죠.

김시종: 『이카이노시집』에서도 여성에 대해 쓸 때, 어머니나 젊은 여성이나, 혹은 아내를 상상하며 쓴 것이 있지요. 제가 일본 와서 가장 놀란 것은 일본서 생활하는 우리 선대 1세 분들이 말이야, 일본여성과 산다든지 일본여성과 관계를 한다든지 하는 일이 많다는 거였어요. 거의 그랬어요, 영세사업을 하면서 약간 여유가 생기면 말이야, 일본여성과 관계를 가지고.

제 여성관이라는 게 좀 보수적이지요. 이 사람, 보면 알듯이 말이야, 말이 없습니다, 하루 종일. 지금 나이가 차서 여든 여섯이 되나. 지금은 어디 가서 말도 하지만, 젊었을 땐 어디 나간다고 해도 갔다 오라는 말도 없고, 갔다 와도 그렇고. 경상도 여성이 흔히 그렇다고들 하듯, 말이 없고 입이 무거워요. 어쩌면 그게 나에겐 좋았다 해야 할지도 몰라요. 저는 집에서는 말을 안 하는 사람인데, 자기 세계가 있으니까요. 애가 있는 것도 아니니, 집에 들어가면 둘밖에 없는데, 나는 하는 일에 몰두해버려서, 그러니 아내는 언제나 혼자서 고독했을 거야. 그걸 견뎌주는 사람이니까 덕분에 나도 지금까지 이렇게 살아올 수 있었던 거지요. 감사해야 하지요.

여성관이란 게, 대강 집사람을 기준으로 여성을 생각하고 그러니, 뭐랄까, 남녀를 가리지 않고, 바깥에서 움직이는 모습과 집안에서 지내는 그런 모습에 대한 상이 저는 좀 달라요. 그래서 내가 좀 보수적이라고 하는 건데, 밖에서는 자기표현을 하고 의견을 똑 부러지게 말하는 게 좋은 일이라 생각하는데, 여성들도 그렇게 하면 좋다는 생각이에요. 밖에서 활약하는 여성은 능동적으로 자기표현, 자기주장을 하는 사람을 나는 높이 평가합니다. 그런데 집에서까지 자기주장을 하게 되면 곤란하지. (일동 웃음)

강순희: 그런데 자기주장, 의견을 말하지 않는다고 화를 낸 적도 있어요.

질문자: 어머나, 폭로당하셨네요. (일동 웃음)

김시종: 이 사람은 바깥에서도 입이 무겁고 집안에서도 무겁고, 집안에서 무거운 건 좋은데 말이야 바깥에서 하도 말을 안 하니까 이 사람은. 또 무언가 결정할 때도, 자기주장이 없어. 언제나 날더러 말이야 어찌 하겠냐고, 내가 어찌하느냐보다 당신이 결정하라고 하지만, 결정 안 한다고 이 사람은.

강순희: 갑자기 할 수 없지. (일동 웃음)

김시종: 약았다니까. (일동 웃음)

강순희: 누가 할 소리.

김시종: 자기는 조심스럽게 물러서서 마치 성실한 척하고.

강순희: 아니, 평소에 자기주장을 해온 사람이라면 모르겠지만, 그런 게 익숙지 않은 사람이 갑자기 어떻게 그렇게 하겠어요.

김시종: 근데, 가끔 나에게는 아주 커다란 폭력……. (일동 웃음)

강순희: 폭력이라니요. 뭐가…….

김시종: 무슨 일이 있으면 (상을 탁 내려치며) 시끄러워요! (일동 웃음) 나는 언제나 대화를 원하면서 이야기를 하려고 하지만, 이 사람은 거절합니다. 내가 오른쪽 신장을 떼어냈는데, 왜 이리 됐는가 싶어서 생각해보니 뭔가 쇼크를 받아서 이렇게 된 거 아닌가 했더니, 아니라고 결핵 탓이라고 그러는 거예요. 사실 이 사람이 발로 찬 적이 있어서 말이야. '아, 당했구나' 싶어서 그랬던 건데 말이야. (폭소) 며칠 지나서 또 차니까, 무방비상태인데 말이야. (일동 계속 웃음) 그래서 신장이 안 좋아진 건 그 때문 아니냐고

의사에게 물어봤단 말이야. 그랬더니 의사는 무슨 바보 같은 소리냐고. (폭소) 경상도 아지메 좋긴 좋은데, 박정희 계통이야. 파쇼가 많지.

강순희: 그렇게 마구 갖다 붙이지 말아요.

김시종: 당신에게 항상 대화를 요구하는데 대화를 안 하잖아 당신이. 대화를 하면 자기가 지니까 싫다고.

강순희: 논리가 시작되면 지지.

김시종: 자식이 있는 것도 아니고, 이렇게 사소한 일로 다투거나.

질문자: 이제 넘어갈까요?

김시종: 이제 그만 하자! (일동 웃음)

질문자: 선생님께서 시를 쓰기 시작한 것은 재일조선인 운동이란 조건 속에서였고, 이는 어찌 보면 '리얼리즘'이 지배적인 환경이 되었던 것으로 생각됩니다. 시인의 시를 보면, 시기에 따라 차이가 있지만, 어떤 점에서는 리얼리즘적인 면도 있다고 보이고 어떤 점에서는 그렇지 않은 면도 있다고 보입니다. 선생님 자신은 리얼리즘과의 관계에 대해서 어떻게 생각하시는지요?

김시종: 제 시작품의 본질은 역시 리얼리즘적이라고 생각해요. 일본에서는 현대시가 독자들을 얻지 못해서, 현대 시인이라 하지만 지금도 시집이 천 부 팔리는 시인이 없습니다. 더구나 책방에서는, 서가에 시집을 놓아두지 않아요. 일본에서는 문학이라 하면 시가 아니라 소설이에요. 신문에 문예시평, 월평 같은 거 나오는 것도 주로 소설에 대한 것입니다. 그만치 일본의 현대시라는 것은 시를 좋아하는 사람들끼리만의 세계입니다. 무엇 때문에 그리 되었느냐 하면, 일본의 시에는 실감이 없기 때문입니다. 추상도 중요하지만, 추상이라는 건 실감이 고도로 승화해서 나타나는 것, 그렇게 승화되었을 때 나타나는 것입니다. 일본의 현대시는 '인텔리가 쓰는 것'입니다. 처음부터 추상으로 정해 놓고 쓰는 거죠. 애시당초 관념적이어서, 사념의 갈등

같은 걸 다루거든요. 흔히들 '내면대화'라고는 것, 그러니까 제 자신이 자기 안에 있는 사념들과 대화하는 그런 거예요. 그 때문에 시가 아주 관념적이고 애시당초 추상적입니다. 그러니 독자가 따라갈 수가 없습니다, 일본의 시는. 독자들이 전혀 알 수 없는 시예요.

우리가 예술작품에 대해 '보편적으로' 말할 때, 또 그거를 시로 국한해서 말할 때, 읽어도 모르겠지만 그래도 알 것 같다는 생각이 드는 게 있습니다. 그게 실감입니다. 이치상으로는 모르겠지만 뭔가 느껴지는 실감이 있고, 그 실감에 따라 마음속에 가라앉는 그런 말들이 있습니다. 시를 이해한다고 하지만 시란 우리가 일상어로 이해할 수 있는 게 아니에요. 시라는 것은 읽은 뒤에 씨앗처럼 심어져 버티고 있다가 언젠가, 언젠가 불쑥 싹이 나오는 것이지요. 그렇게 씨앗처럼 마음속에 가라앉는 것은 실감입니다. 실감이 있을 때 사람들은 시를 받아들입니다. 이해되지 못한 채 받아들입니다. 생리적으로 공명하며 받아들입니다. 리듬이라는 것은 실감의 표명인 거지요.

아까 일본시는 처음부터 추상이라고, 관념 추상이라고 했죠. 실감이 없다는 뜻이에요. 실감이 없으니까 독자가 안 생기는 거예요. 일본 시인들은 시란 것은 순수하니까 아는 사람끼리 알면 된다는 그런 생각인데, 그게 시를 아주 작은 세계로 만들고 있어요. 요새 일본의 헌법 9조를 형해화하려는 안보법 제관련법안이 강압적으로 통과되었지요. 아베 정부는 미군이 가는 곳은 자위대가 언제나 나갈 수 있도록 하면서 일본 헌법 9조를 실질적으로 파괴하고 있습니다. 또 동일본대지진에 의해서 후쿠시마 원전이 파괴됐는데, 이게 얼마나 심각한 문제예요? 그런데 말이야 이거 큰일이다, 이러면 안 된다고들 생각하는데, 일본의 시인들, 그에 대한 작품이 없습니다. 안 다룹니다. 자기들의 문제도 이러니, 일본에서 살고 있는 외국인, 우리는 정주외국인인데, 그 사람들이 놓인 처지에 대해서야 말할 것도 없지요.

저는 일본에서 70년 살아왔지만, 이런 이유로 인해 언제나 일본시의 권외圈外에서 살 수밖에 없었습니다. 항상 권외의 존재였죠. 그 사람들이랑 같이 지낼 수가 없었어요. 사고방식 자체에 경계가 있는 거죠. 그래도 지금은, 저도 나이가 찼지만, 일본 시단이 김시종을 없이 볼 수는 없게 된 듯해요. (일동 웃음) 일본 미디어들도 지난 십여 년간 뭔가 일이 있으면 김시종 인용을 많이 해왔습니다. 찾아오는 사람들도 있고요. 그래서인지 일본의 순수시 쓰는 사람들은 김시종을 약간 좀 무섭게 보는 그런 경향이 지금 있습니다.

아까 질문으로 다시 돌아가자면, 실감이 고도로 승화된 데에 나오는 게 추상인데, 일본의 그 지식이 풍부한 사람들은 실감 없이, 처음부터 추상을 구사할 수 있는 그런 언어능력을 가진 사람들입니다. 그러니까 일본의 시라는 것은 '인텔리'가 읽는 것입니다. 시를 하는 사람들끼리의 세계만 있어요. 그 속에서 자기들끼리 나누고 있지요. 아주 작은 세계지요. 독자가 없어요. 일본 시단에 이름난 사람들은 많지만, 천 부도 안 팔린다고 해요. 저는 다행히도 사천 부, 오천 부는 팔리지요. 저로선 아주 다행한 일이라 생각합니다.

질문자: 이해 없이 남는 실감, 씨앗으로 가라앉는 실감, 그리고 실감의 표명, 모두 잊지 못할 말이 될 것 같습니다.

김시종: 실감이라는 것은, 아까 말한 대로 이해하지 못해도 쉽사리 잊지 못하는 것은, 실감에서 나온 추상이기 때문입니다. 실감의 추상이기 때문입니다. 그 경우 어렵고 알기 어렵지만 읽게 됩니다. 이해하지 못해도 압니다. 생리적으로, 실감으로 그것을 압니다.

질문자: 김시종 선생님의 시는 사실 어려워서 읽고 이해하기가 쉽지 않습니다. 그러나 이해를 못해도 무언가 확 밀려오는 게 있습니다. 그게 아마 선생님께서 표현한 실감인 것 같습니다.

김시종: 그게 씨앗이 되는 겁니다. 말이 씨앗이라는 말이 그런 것 아닐까

생각합니다.

질문자: 20세기에 여러 문학사조가 나타나지 않습니까. 세계적인 시인들의 작품들이 널리 알려지고 유통되기도 했고요. 선생님이 쓰고 활동하실 때도 여러 사조나 시인들이 영향을 미쳤을 텐데, 그 여러 사조 중에서 선생님에게 영향을 준 시인이나 사조가 있는지, 있다면 무엇인지 궁금합니다. 예를 들면, 선생님께선 직접 릴케를 시에 인용하기도 하셨고, 랭보나 파울 첼란을 언급하기도 하셨고, 또 초현실주의를 언급하신 것도 본 적이 있습니다. 양석일 선생님과 헨리 밀러와의 운명적 만남에 대한 얘기도 어디선가 읽었습니다. 그 가운데 가장 크게 영향을 받은 사조나 시인이 있다면 말씀해 주셨으면 좋겠습니다.

김시종: 내가 가장 크게 영향을 받은 것은 초현실주의지요. 한 권의 시집밖에 없는, 로트레아몽의 한 마디가 초현실주의의 기본이 됩니다. 그게 뭐냐면 "시는 만인이 써야 된다. 그러나 누구도 흉내 낼 수 없는 것을 써야 한다." 나는 인간이 본성적으로 시를 가지고 태어난다고 생각합니다. 고대부터 시가 있었지요. 그러니 인간은 시로 시작한 것이나 다름없어요. 지구에 인간이 나타났을 때 가질 수 있는 것은 제한적인 말밖에 없었지요. 살아가는데 필요했던 것이 있었고, 그와 관련해 먹는 것, 물, 불이 난다 같은 말이 기본적인 말이 되었고, 이를 설명하는 말은 인류의 역사가 어느 정도 지나면서부터였습니다. 고대의 인간이 사용했을 최초로 말들은 하나의 단어가 수많은 의미를 가질 수밖에 없었을 거예요. 예를 들어 '불'이라는 말을 생각해 봐요. 고대인은 고기를 생으로 먹었지만 불이 난 다음에 죽은 동물을 먹으면 훨씬 맛있었을 거예요. 불이란 것은 생명을 빼앗는 것이죠, 불에 타서 죽는 거죠. 그러나 불에 탄 다음엔 다시 새로운 싹이 난단 말이에요. 풀도, 나무도 나고, 동물은 다시 그 풀을 먹고. 그러니 불이라고 하면 생명을 앗아가는 무서운 것이기도 하지만, 새로운 맛과 연결된 좋은 것이기도

하고, 대지를 태우지만 새로 탄생하게 하기도 하는, 재생을 뜻하는 여러 의미를 갖는 말인 거지요. 불은 무섭다. 모든 것 빼앗지만 다시 되살려놓는다. 그래서 불은 숭고한 것이다, 불이라는 단어 하나에 수많은 생각들이 달라붙는 거예요. 그래서 불이라는 건 원시시대부터 지금까지 종교나 신앙의 근원이 되었을 겁니다. 하늘도 그래요. 천天은 가장 먼저 생겨난 말 중 하나일 거예요. 하늘은 인간의 손이 닿지 않는 것이죠. 매일 보는 것이기도 하고. 그 하늘을 인간이 적절히 표현할 길이 없으니까 신神이라는 말을 썼겠지만, 천은 숭고한 것, 멀리 있어서 인간의 손이 가닿을 수 없는 것, 아주 높이 있는 것, 그래서 영원하다는 것, 그러니 그 하나의 말에 여러 의미가 붙는 거지요.

수사법에서 말하는 메타포가 여기서 나온 거예요, 인간은 태어나면서부터 그런 은유를 먼저 배우는 거야. 말하고 싶은 것들을 하나의 말에 끌어들이는 겁니다. 메타포는 근대 수사학에서 만들어진 게 아니라 인간이 고대부터 가지고 있는 것이고, 그게 또한 시이기도 했을 거예요. 일상의 언어와 시의 언어가 다른 점은 그 시인이 하는 말이 끌어안고 있는, 뒤에 있는 것이 얼마나 큰 것인가 하는 것이에요. 시는 행을 나누는데, 설명하는 부분이 행과 행 사이에 들어가 있지요. 행과 행 사이를 메꾸면 시는 필요하지 않게 돼요. 인간의 창조력이라는 것은 창조하는 쪽에만 있는 게 아니에요. 저편의 사람들에게도 상상하고 창조하는 힘이 있어요. 따라서 만드는 쪽이 있고 받아들이는 쪽이 있고, 문학의 경우에는 쓰는 쪽과 읽는 쪽이 있는데, 19세기나 20세기 초반까지 잘못 생각한 것은 창작하는 쪽은 창조를 하고, 받아들이는 쪽은 언제나 받아들이기만 한다고 오해한 것이에요. 현대문학에서는 독자 또한 상상력 뿐 아니라 창조력까지 갖는다는 것을 알아차렸고, 그래서 필자가 설명을 많이 할 필요가 없다는 걸 알게 되었지요.

말은 생략하는 것 사이에서 생겨나는 거예요. 일상어와 시의 언어가

다른 점은, 시는 생략되는 것에 대한 사랑이란 점이예요. 행을 나누는 것은 행과 행 사이에 말하고 싶은 것이 있기 때문이고, 독자들로서는 그것이 무엇인지를 '찾아나서는' 재미가 있는 거죠. 독자도 창조한다 했으니, 채우는 재미라고 해도 좋겠네요. 그렇게 해서 창작자와 독자가 하나의 정화작용에 이르는 것이지요. 왜 연설이 예술이 되지 못하느냐 하면, 설명이 많고 상투구가 많기 때문이죠. 인간은 태어나면서부터 시인이고, 처음부터 예술의 원천은 넘쳐흘렀던 것이지요. 그런 의미에서 예술의 자극은 전부 시에서 비롯된 것이라 해도 좋을 거예요.

현대에 들어와서 시가 외면당하는 이유는 필자들이 독자들에게 보내는 일을 하지 않기 때문이지요. 자기만의 세계에 보내기만 할 뿐. 그리곤 그것을 두고 순수함이라고 하니 그건 틀린 소리지요. 시라는 것은 만인 공통의, 인간이 본성적으로 가지고 있는 것이란 생각이에요.

질문자: 마지막 질문이 되겠는데요, 김시종 선생에게선 사상가적 면모까지 느껴집니다. 어디선가에서 사르트르나 하이데거 등을 언급하신 걸 본 적이 있었는데, 혹시 영향을 받은 철학가나 사상가가 있다면 누가 있나요?

김시종: 젊은 시절 영향을 크게 받은 것은 사르트르나 까뮈였어요. 당시 '관념철학'이라고들 했는데, 사실 '관념철학'에 대해서는 약간 독서량이 많은 편입니다. 물론 맑스-레닌주의를 공부하면서 유물론을 받아들였지만, 제게 양자는 모순되지 않습니다. 어떻게 모순이 안 되냐고 할 테지만, 그것들을 중화시켜주는 것이 바로 초현실주의죠. 내가 초현실주의에 가장 크게 영향 받았다고 할 때 그것은, 존재라는 게, 사물의 존재라는 것이 고정적이지 않다는 것, 사물이 그대로 있으면서도 다른 게 될 수 있다는 발상이에요. 알다시피 가령 미국 뉴욕에서 열린 제1회 앙데팡당Indépendants 전에 뒤샹은 가명으로 변기를 제출했지만 거절당하죠. 그래서 전시장 입구에서 그것을 〈샘〉이란 제목으로 전시했는데, 덕분에 앙데팡당 전 전시관내에는 관객이

별로 없었고 뒤샹의 〈샘〉이 있는 곳에만 사람들이 몰렸다고 하지요. 이를 초현실주의에서는 '추방'이라고 하는데, 사물을 고정시키지 않고 원래 있던 자리에서 추방시키면 그게 그대로 다른 사물이 된다는 거예요. 이런 발상에 받은 감명이 창작에 깊이 영향을 준 셈인데, 이런 의미에서 유물론과 관념철학은 모순이 안 된다는 거예요. 원래의 물질성 그대로 한 사물이 다른 것이 되는 거죠. 여기선 둘이 쉽게 결합되죠. 같이 생각으로 모이지요.

내가 무언가를 생각한 것을 쓸 때, 초점이 하나면 원으로만 환원됩니다. 모두 결국은 같은 거리에 있는 게 되고 말죠. 그래서 또 하나의 초점을 생각해보게 되었는데, 타원에는 초점이 두 개 있습니다. 원은 초점이 하나라 궤적이 항상 같은 데를 맴돌지만, 타원처럼 초점이 두 개 있으면, 그리고 이것을 같이 돌리면 지금 선두에 있는 것이 다음 순간에 뒤쪽에 오는데, 언제나 움직이면서 앞으로 갑니다. 그것은 초현실주의의 '추방'이라는 이념과 과학적으로 딱 맞습니다.

또 초현실주의 기법 중에 프로타주frottage라고 있지요. 표면에 종이를 대고 연필 같은 걸로 문지르는 기법 말이에요. 그것 또한 고정되어 있는 사물을 있는 그대로 두고 다른 것으로 만들 수 있습니다. 또는 걸림돌도 그래요. 그대로 걸어가다가 만나는 뜻밖의 돌멩이처럼 그대로 지나갈 수 없는 거 말이에요. 누구는 그 방해물 앞에 멈춰 섭니다. 반면 무시하는 사람은 걸려 넘어지지요. 하지만 무시하지 않고 멈춰 서지 않고 돌아가거나 넘어갈 수 있습니다. 뜻밖의 것이 거기서 얻어집니다. 이런 사고방식을 사춘기 때부터 읽었던 관념철학에서 배운 셈인데, 이게 제게는 유물론과 잘 융화가 돼요. 초현실주의가 용접해주는 셈이지요.

초현실주의는 관념이 아니라 실감입니다. 밀항해 왔으니 여러 가지 구차한 일도 많고, 아는 사람은 없고, 연고자가 있는 곳도 아닌데, 이렇게 일본에 혼자 일본에 살게 되면서 슬픔도 느끼고 괴로움도 느끼고 그랬는데, 괴로운 일이 생길 때는 그게 걸림돌로 보입니다. 내 눈앞에 작위적으로 놓인 거라고, 하지만 내가 이것을 넘어야 되는데, 어떻게 넘어야 하나, 내가 이것에 어떻게 대응하면 되나, 그런 생각을 하면 사태는 관념이 아니라 실감이 되어 갑니다. 걸림돌로 인해 실감이 되는 거죠. 그런 방식으로 생각하며 살아왔죠. 니체라든가 하는 사람도, 그가 쓴 것도 아주 존경합니다만, 난 빨갱이인지라 유물론이 주된 사고방식이 됐는데, 이런 식의 발상과 어떤 모순도 없습니다. 여기서도 문제는 관념이 아니라 실감입니다. 실감으로 만드는 것입니다.

| 부록 |

김시종 연보

1929년 부산에서 출생.

1935년 제주도로 이주.

1942년 광주의 중학교에 입학.

1945년 제주도에서 해방을 맞이함. 제주도 인민위원회에서 활동 시작.

1948년 4월 4·3 사건.

5월 '우편국 사건' 실패로 병원 등에서 숨어 지냄.

1949년 5월 제주도를 탈출해 일본으로 '밀항'.

1950년 〈신오사카신문〉에 처음으로 시가 게재됨.

1951년 일본정부에 의해 강제 폐쇄되던 나카니시 조선 소학교 개교를 위한 활동에 종사.

1952년 6월 한국전쟁 2주년을 맞이해 전쟁 반대시위에 참여.

1953년 오사카조선시인집단 기관지 『진달래』(한국어판은 재일에스닉잡지 연구회 옮김) 간행 시작(1958년 20호로 종간).

1955년 첫 시집 『지평선』(한국어판은 곽형덕 옮김)을 발간.

1957년 8월 조선총련으로부터 『진달래』에 발표한 시와 평론에 대해 조직적 비판을 받음.

11월 두 번째 시집『일본풍토기』 발간.

1960년 세 번째 시집이 될 예정이던『일본풍토기 2』가 조선총련의 조직적 비판을 받아 인쇄 도중 중단됨. 2018년에 간행되기 시작한『김시종 컬렉션』에서 복원됨.

1965년 조선총련 조직과 관계가 끊어짐.

1966년 오사카 문학학교 강사(주로 시의 튜터)가 됨.

1968년 김희로 사건의 재판에 관여하기 시작함.

1970년 세 번째 시집『니이가타』(한국어판은 곽형덕 옮김) 발간.

1973년 효고 현립 미나토가와고등학교 교원이 됨.

1978년 네 번째 시집『이카이노시집』 발간.

1983년 다섯 번째 시집『광주시편』(한국어판은 김정례 옮김) 발간.

1986년 평론집『재일의 틈새에서』(한국어판은 윤여일 옮김) 발간.

1988년 미나토가와고등학교 퇴직.

1991년『집성시집 원야의 시』 발간.

1997년 평론집『풀숲의 때』 발간.

1998년 김대중 정부의 특별조치로 49년 만에 한국 입국. 제주도에서 부모님의 묘소 처음으로 성묘. 여섯 번째 시집『화석의 여름』 발간.

2001년 소설가 김석범과의 대담인『왜 계속 써왔는가, 왜 침묵해왔는가: 제주도 4·3 사건의 기억과 문학』(한국어판은 이경원, 오정은 옮김) 발간.

2004년 1월 윤동주 시집『하늘과 바람과 별과 시』를 일본어로 옮김.

10월 대담 및 평론집『내 삶과 시』 발간.

2005년『광주시편』과『이카이노시집』을 묶어『경계의 시』라는 제목으로 발간.

2007년 김소운이 엮어 일본어의 서정에 맞게 일본어로 옮긴 『조선시집』을 새롭게 번역한 『재역再譯 조선시집』을 발간.
2008년 한국에서 김시종 시선집 『경계의 시』(유숙자 옮김) 발간.
2010년 일곱 번째 시집 『잃어버린 계절』 발간.
2015년 자서전 『조선과 일본에 살다』(한국어판은 윤여일 옮김) 발간.
2018년 1월 후지와라 서점에서 『김시종 컬렉션』(전12권) 간행 개시.
1월 평론가 사가와 마코토와의 대담 『'재일'을 살다: 어떤 시인의 투쟁기』 발간.
4월 여덟 번째 시집 『등背의 지도』 발간.

이는 다음 여러 연보를 참조하면서 작성했다. (1) 『조선과 일본에 살다』에 실린 것. (2) 아사미 요코, 우노다 쇼야 작성 「김시종 작품 목록」(『논조論調』 6호, 2014). (3) 노구치 도요코 작성 「김시종 연보」(『집성시집 원야의 시』, 1991). 여기에 최신 정보를 추가했다. (작성, 카게모토 쓰요시)

■ 옮긴이 약력

이진경 <수유너머104>에서 활동하고 있으며, 박태호라는 이름으로 서울과학기술대학교에서 강의하고 있다. 『사회구성체론과 사회과학방법론』, 『철학과 굴뚝청소부』, 『맑스주의와 근대성』, 『노마디즘』, 『자본을 넘어선 자본』, 『코뮨주의』, 『불온한 것들의 존재론』, 『파격의 고전』, 『불교를 철학하다』 등을 썼고, 김시종 시집 『잃어버린 계절』을 번역했다.

심아정 독립연구활동가. 동물, 여성, 폭력을 키워드로 공부와 활동을 이어가고 있다. 베트남전쟁 참전군인의 경험을 말하는 장(場)을 기획하고, 미군기지가 떠난 동두천과 부평을 오가며 아카이빙 작업을 하고 있다. 난민X현장, 수요평화모임, ALiM(Animal Lights Me), 번역공동체 '잇다'를 통해 대학 바깥에서 새로운 앎과 삶을 시도하고, <동아시아반일무장전선>의 상영과 토론의 과정을 기록 중이다.

카게모토 쓰요시(影本剛) 연세대학교 국어국문과 박사과정을 밟고 있다. 공저로 『한국 근대문학과 동아시아 1』, 『 명을 쓰다』가 있다. 이진경의 『불온한 것의 존재론』을 일본어로 번역했고, 김시종 시집 『잃어버린 계절』을 한국어로 번역했다.

와다 요시히로(和田圭弘) 연세대학교 국어국문학과 박사과정에서 조선문학/비교문학을 연구하고 있다.

이카이노시집 | 계기음상 | 화석의 여름

초판 1쇄 발행 2019년 12월 20일

지은이 김시종
옮긴이 이진경 + 심아정 + 카게모토 쓰요시 + 와다 요시히로
펴낸이 조기조
펴낸곳 도서출판 b

등록 2003년 2월 24일(제2006-000054호)
주소 08772 서울시 관악구 난곡로 288 남진빌딩 302호
전화 02-6293-7070(대) 팩시밀리 02-6293-8080
홈페이지 b-book.co.kr 이메일 bbooks@naver.com

ISBN 979-11-89898-14-4 03810
값_15,000원